U0094830

無敵之人

アンブレイカブル

柳廣司 著

李彥樺 譯

目錄

以幸福爲武器挺身而戰者，即使倒下依然擁有幸福。

——三木清

雲雀

1

在約定時間開門走進的年輕人，有著長臉、白皙、下巴尖等特徵，臉上帶著溫厚的笑容。頭髮梳得整整齊齊，深藍色毛氈大衣底下穿著廉價但保養得宜的灰色西裝。腋下夾了一個皮革公文包，鼓鼓的，似乎塞滿了文件資料。

「簡直像個銀行行員。」

谷勝巳嘴裡咕噥，帶著些許錯愕之色。長年在外奔波，他的臉像鐵鏽一樣黑。

「這傢伙眞的是小說家嗎？」谷以手肘頂了頂坐在旁邊的萩原純彥，低聲問道。谷的本業是漁夫，萩原則是學生出身。照理來說萩原讀過大學，應該能夠分辨出眼前這個人到底是小說家，還是銀行行員。谷自認爲已經壓低了聲音，但漁業工會提供的這間小房間，跟谷長年待的野外當然不能比。他自以爲的輕聲細語，其實異常響亮。

「沒錯，我的確是銀行行員。」

年輕人輕輕一笑，走向小房間中央的長桌，與谷、萩原相對而坐。

谷與萩原對看一眼，有些摸不著頭緒。兩人原以爲今天出現在面前的人物，應該是有「無產階級主義文學旗手」、「新銳小說家」等頭銜的作家小林多喜二。

「請問……你是不是走錯地方了？」萩原畏畏縮縮地問道。

「不，我應該沒有走錯……抱歉，讓兩位誤會了，這是我的名片。」

年輕人在上衣口袋裡摸索，掏出了兩張名片，在兩人面前各放一張。

拓殖銀行小樽分行調查組　小林多喜二

谷拿起桌上的名片，嘴裡哼了一聲，將名片翻到背面，對著燈光高高舉起。接著他的視線在名片與前方那臉孔修長、白皙的年輕人之間來來去去。

「你的本業是銀行行員，不是小說家？你一邊在銀行工作，一邊寫小說？」

「就是這樣。」

年輕人臉上依然帶著誠懇的微笑，但說起話來簡潔俐落。

「光靠寫小說要餬口並不容易。我在銀行工作，每個月有固定的收入，我母親也比較安心。」

谷與萩原又偷偷互望了一眼。

眼前這個人，跟兩人的想像實在相差太大，一開始就亂了方寸。

「你今天特地從小樽來到函館，就只爲了聽我們兩人說話？」

「我有個求學時期認識的朋友，剛好住在函館。靠著他的介紹，才促成了今天的採訪。從小樽到函館其實不遠，沒有花多少時間……奇怪，怎麼不見了？」

多喜二將公文包裡的東西一一拿出來放在桌上，心不在焉地說道。轉眼之間，桌上雜亂無章地堆滿各種資料、筆記、雜誌及寫了一半的稿紙。

「找到了、找到了。好，終於可以開始了。」

多喜二拿出一本用得破破爛爛的記事本，另一手則從筆袋中取出一枝變得非常短的鉛筆，這才心滿意足地抬頭看著兩人。

「請多多指教。」

他朝兩人低頭鞠躬。

「聽說你想問蟹工船的事？」

谷甩開了心中的疑惑，重新振作精神。

「爲什麼你會對那種地獄感興趣？」

「地獄？」

原本正看著記事本的多喜二立刻抬起了頭，露出興致盎然的表情。

「每個要上蟹工船的人，都會說『要去地獄走一遭』。」

「原來如此。」

多喜二一臉恍然大悟地點了點頭，拿著鉛筆在記事本上寫起了字。

「那是不是地獄，我也不知道，總而言之，船上的環境非常惡劣。」萩原皺起眉頭，不屑地說道：「如果可以的話，我這輩子再也不想上去。」

「既然是像地獄一樣的環境，上船的都是些什麼樣的人？」

「不會吧？要從上船的人說起？」谷露出了明顯的不耐表情。「眞麻煩！」

「蟹工船的船上，有船長、船員、鍋爐手，以及負責捕蟹的漁夫。」萩原扳著手指，認眞回答。「除此之外，還有一些年輕的雜役……大多是十到十五、六歲的少年，在船上負責將煮好的蟹肉拿出來放進罐頭裡。他們的動作可俐落了，我第一次見識到的時候，幾乎看傻了。對了，船上還有廚師及服務員……」

「還有母公司派來的監工，他是蟹工船上的老大。」谷插嘴：「就算是船長說的話，他也不當一回事。不管風浪多大，他都會強迫漁夫繼續捕蟹。只要有雜役敢偷懶，他就會拿棍棒毆打，下手非常凶狠。」

「那根棒子有個名堂，叫『殺鮭棒』（註一）。」萩原又說：「就算少年們得了風寒，沒辦法工作，監工也會大罵『公司砸大把銀子請你們上船，可不是爲了讓你們在船上得風寒、睡大覺』，拿起棒子就是一陣亂打……就算是杜斯妥也夫斯基的『死屋』（註二），恐怕也不會這麼沒人性。」

「比起人命，監工更在意的是回公司能不能交差。船上的人都說，那是個『拿命來換』的工作。」

多喜二將右手手掌抵在臉頰上，以食指輕敲太陽穴，一臉納悶。

「怎麼？你想問什麼？」

「蟹工船的工作環境那麼糟，兩位爲什麼上船？」

多喜二問完這句話，將臉轉向萩原，接著說道：

「萩原先生，我聽說你是東京某大學的畢業生，既然學歷這麼高，怎麼會願意到那種地方工作？」

「呃……那是因爲……」

「當然是爲了錢。」

譯註一：「殺鮭棒」一詞源自於北海道原住民族阿伊努族，據傳阿伊努族人在捕獵鮭魚時，會使用碩大的木棒將鮭魚打死。

譯註二：指俄國作家杜斯妥也夫斯基於一八六〇至一八六二年出版的小說《死屋手記》（*The House of the Dead*），作品中描述杜斯妥也夫斯基被囚禁在西伯利亞監獄時的生活。

萩原滿臉苦澀，說起話來呑呑吐吐。谷張開缺了幾顆牙的嘴，露出猥瑣的笑容，代替萩原說道。

「這年頭光靠大學文憑根本沒辦法混飯吃。」

整個日本正陷入嚴重的經濟蕭條。

歐洲的一場大戰（註一），爲日本經濟帶來了空前的繁榮景氣。但戰爭結束之後，日本社會沒能及時因應世界局勢的變化，反而跌入了景氣的谷底。昭和二年（西元一九二七年）又爆發金融恐慌，對日本的經濟更是雪上加霜。多數企業都開始調降員工的薪水，大量裁員，希望藉此渡過經濟的寒冬。大學畢業生由於起薪較高，導致一般企業不願意聘用。整個社會釋給大學畢業生的職缺趨近於零，大都市裡開始出現「洋服細民」（註二）這類流行用語。

經濟極度蕭條，經營蟹工船的公司卻有著每年上千萬圓的獲利，每年分配給股東的股利高達二割二分五釐（註三），這在當時是令人難以置信的數字。這樣的高利潤當然引來全社會的羨慕目光，因此有人形容蟹工船是「從海底撈金塊」。

「所以我在東京遇上有仲介人在募集上蟹工船工作的人，就報名了……」萩原低頭看著桌面，眼神充滿了無奈。

剛開始仲介人拍胸脯保證一定能拿到六十圓的報酬，但這筆錢扣掉從東京到函館的火車費，以及斡旋費、餐費等各種名目的費用，到頭來萩原不僅一毛錢都沒拿到，反而還欠了錢。

「我眞的很需要錢，所以……」

「天底下誰不需要錢？」

一旁的谷嘲笑說道：

「每次下船的時候，我總是暗自發誓『這輩子絕不再進這個地獄』，但是一踏上陸地，我馬上就把那些全都忘得一乾二淨。就好像腳上黏了麻糬的小鳥，飛也飛不了，只能在函館、小樽這些地方胡亂揮霍。過沒多久就一窮二白，像是剛出生的狀態，身外之物都沒了。隔年春天，到了蟹工船的季節，爲了還清債務，只好又跳進地獄裡。只能說我就是命賤，離不開蟹工船。」

譯註一：第一次世界大戰。

譯註二：「洋服」指西式服裝，在當時的日本社會是上流者的象徵，而「細民」的意思是窮人。「洋服細民」用來諷刺那些原本應該屬於社會中上階層，生活卻是一貧如洗的上班族及大學生。

譯註三：台灣傳統上標示利息，「分」、「釐」的大小會因標示爲年利率、月利率或日利率而有所不同，但日本的「割」「分」、「釐」大小是固定的，一割代表十分之一，一分代表百分之一，一釐代表千分之一。

谷呵呵笑了起來，簡直像在說一件別人的事情。

接著一旁的萩原聳聳肩，說起自身的狀況。他說當初下了蟹工船後，原本回到了東京，但在東京還是找不到工作，只好又回到北海道，在旭川的一間橡膠工廠當工人。

「但是橡膠工廠的工作並不穩定……沒有工作的時候，當然也就領不到薪水，有時工作一來，又得日夜趕工，忙到沒時間睡覺……而且工廠裡的空氣很糟糕，並不是可以長久做下去的工作，所以……」

萩原說到這裡，有氣無力地搖了搖頭。他的皮膚呈現劣質橡膠般的鉛灰色，而且身材瘦削，完全符合他讀書人的形象。像這樣的孱弱體格，竟然沒有死在蟹工船上，或是橡膠工廠內，算運氣很好了。

多喜二於是回到原本的話題，向兩人詢問蟹工船的事。

每年大約到了四月，季節進入春天，北方海面上的冰開始消融，蟹工船就會從函館出航。捕蟹的地點在北極海堪察加半島以北海域，航行時間大概得花上六天。

到了堪察加半島附近海域，蟹工船上的人就會將一種名爲「川崎船」的小型船舶放入海中，由漁夫們登上川崎船，朝海中撒網。過了三、四天之後，母船上的人會以絞車收網，將所有撒出去的網收回母船上。平均一面漁網可撈起二十五隻鱈場蟹（註），船上的人抓起網內的螃蟹，立刻就會丟進大鐵鍋裡。鍋內是滾燙的海水，螃蟹在裡頭煮了大約十五分鐘，船員就會撈起，再度放入網中，以絞車送入海中使其冷卻。每一家蟹工船公司都將煮蟹及冷卻的時間視爲絕不外傳的公司機密。

蟹工船除了捕蟹、煮蟹，也是製作罐頭的「工廠」。船員會使用剪刀，將煮熟並冷卻完畢的蟹體沿各關節剪開，送往船腹內的工廠。工廠內會有一群年輕的雜役，以飛快的速度將蟹肉塞進一個個墊了硫酸紙的空罐內。裝了蟹肉的空罐會被送上輸送帶，接著經過許多道程序，短短三個小時左右，就會得到一個個蟹肉罐頭的完成品……

多喜二聽著兩人的說明，努力寫著筆記。有時他也會提出一些回應，例如「原來如此」、「眞有意思」或是「這部分能不能說得詳細一點」。

谷與萩原面對笑容溫和可親的多喜二，話匣子一開就停不下來，連兩人都有些驚訝，自己竟然說得這麼鉅細靡遺。看來小林多喜二雖然是個「銀行行員」，問話的技巧卻是相當高明。

譯註：「鱈場蟹」即俗稱的「帝王蟹」，中文正式名稱爲「堪察加擬石蟹」。

過了好一會，多喜二瞥了一眼時鐘，急忙起身說道：

「糟糕，竟然這麼晚了！顧著聽兩位說話，忘了注意時間。我等等在函館還跟人有約，今天就先告辭了……沒辦法繼續談下去，真的很可惜。我下星期還會再來，到時候還要向兩位請教許多問題。」

多喜二抓起散落在桌面上的資料，胡亂塞進公文包裡，連珠砲般說道。收到一半，他忽然停下了動作，鄭重地朝兩人說道：

「我下下星期也會來，再下個星期也會。目前還不知道會持續幾個星期。總之，會持續到我正在寫的小說全部寫完爲止。今天謝謝兩位提供了這麼寶貴的資訊，下星期也請多多幫忙。」

小林多喜二說完之後，將高高鼓起的公文包夾在腋下，大衣只穿了一隻袖子，就匆匆忙忙走了出去。

谷與萩原都看得瞠目結舌，說不出話來。就在這時，房間的另一扇門被人打開，一個男人走了進來。那扇門在兩人的背後，與多喜二離開的門並不相同。

「……這樣可以嗎？」

谷沒有回頭，朝身後的男人問道。

「還不錯，有個好的開始。」

堅硬的皮鞋鞋跟踏在地板上，發出了清脆聲響。男人在房內繞了半圈，走到兩人面前。身穿黑色西裝的修長身影，進入了兩人的視線範圍內。男人走到剛剛小林多喜二坐的椅子邊，坐了下來。

谷與萩原滿臉苦澀，不敢與男人的視線對上。

黑色西裝的男人將雙手手肘抵在桌上，手掌在眼前交握。他的視線越過了自己的手掌，落在兩人臉上。他以冰一般的聲音說道：

「你們一定要謹慎小心，不能讓他發現這是陷阱。」

2

——願不願意爲國家工作？

大約一個星期前，男人這麼問谷。

當時是另一個男人找上了谷，谷只記得在賭場裡見過對方，卻不知道對方的來頭。谷心生疑竇，還是跟著對方走進了漁業工會的建築。

谷走進二樓的房間，裡頭坐著兩個男人。一個是曾經一起在蟹工船上工作的熟面孔，姓萩原，綽號是「學生」。

另一人穿著黑西裝，臉色蒼白，身材修長。不僅過去從來沒見過，而且看不出年紀，或許很年輕。

男人自稱姓「黑崎」，是內務省的官員。

「很抱歉，因爲職務關係，沒有辦法給你們名片。」

谷一聽對方這麼說，立刻瞇起眼睛，露出懷疑的眼神。

「那傢伙說要介紹工作給我，我才跟著他來到這裡，但現在看起來這工作不接爲妙。眞抱歉，你還是去找別人吧。你自稱在政府機關做事，卻連名片也不敢拿出來，你要委託的肯定是見不得光的危險工作。」

谷說完之後起身打算離開房間。黑崎那蒼白的臉孔終於出現變化，像是面具上冒出裂痕，一點生氣也沒有。

「原來如此，我明白你的擔憂。請等一下，我想想看怎麼做比較好。」

黑崎將食指抵在薄薄的嘴唇上，沉吟一會，像是想到點子，轉頭對著一直沉默不語的萩原說道：

「萩原，你認識警視廳特別高等課的赤尾吧？麻煩你打給他，就說內務省的黑崎要麻煩他擔保身分。你這麼說，他就明白你的意思了。他的電話號碼是……」

「特高的赤尾？」

萩原大聲尖叫，同時跳起來，臉色瞬間轉成土灰色。

「你別開玩笑了……我不要！我絕對不要！我巴不得趕快把他忘掉，怎麼可能打電話給他……」

萩原頻頻搖頭，顯得相當狼狽。谷瞥他一眼，嘴裡哼了一聲。

——我以前曾經遭特高拷問。

在蟹工船上，萩原無意間說出這件事。從他的態度，可看出那是個無論如何都不願想起的可怕回憶。萩原沒有打電話，但他的這個反應等於擔保了黑崎的身分。

「你出多少？」

谷轉頭盯著黑崎問道。沒有問工作內容，直接談價碼，因爲谷知道對方要委託的工作肯定很棘手。

黑崎口中說出的數字，讓谷忍不住吹了聲口哨。如果拿到這筆錢，今年應該不必上蟹工船受苦。

黑崎的表情沒有絲毫變化，像戴了面具。他平淡說明工作內容。

兩人的工作，是把蟹工船的事告訴某個人物。由於去年兩人都曾上過蟹工船，所以這工作一點也不難，只要把所見所聞說出來就行了。

「就這麼簡單？」萩原眨了眨眼睛。

「你們不是專業的騙徒，假如隨便撒謊，很容易看出破綻。不管對方問什麼，你們都可以老實回答。唯一注意的一點是……」黑崎再次將手肘抵在桌上，雙手在眼前交握。

「千萬不能讓對方發現，你們在這裡交談的內容，都會被政府掌握。以上就是工作說明。」

谷與萩原不由得面面相覷。

這工作未免太簡單了。

簡單到讓人有點不安。

「請問……爲什麼挑上我們兩個？」萩原戰戰兢兢地問道。

「爲什麼挑上你們兩個？這還需要說明嗎？」

黑崎那薄薄的嘴唇微微彎曲，形成令人捉摸不透的笑容。

「萩原純彥，你的老家因爲經濟不景氣，處於破產邊緣。即便如此，你的家人還是努力擠出了最後的積蓄，供你讀完大學。他們本來希望你找到一個好工作，拯救家裡的經濟。但你畢業之後並沒有工作，當然也沒有送錢回家，整天遊手好閒。」

「我不是故意不找工作……」

萩原想要辯解，黑崎輕輕揮手，制止他。

「你爲了賺錢，只好上了蟹工船。沒想到仲介人竟然騙了你，到頭來你不僅沒有拿到錢，反而還欠了錢。回到東京之後，你爲了撫慰受傷的心靈，一天到晚膩在咖啡廳（註）裡。你在那裡認識了一名女服務生，兩人開始交往。這確實是個很好的主意，因爲你不必工作賺錢，只要靠女服務生賺的錢就能過日子。但後來發生了一個意料外的狀況，那就是女服務生懷孕了。你逼不得已，只好再度來到北海道，進入橡膠工廠工作……」

「夠了！別說了！」

萩原突然趴在桌上，雙手捧住了頭。

黑崎以輕蔑的眼神朝萩原瞥了一眼，轉頭望向谷。

「接下來是谷勝巳，你的情況則是……」

「行了、行了。你什麼都不用說。」

谷將雙手微微舉在身體的前方，表示投降。

眼前這個姓黑崎的內務省官員，早把萩原的個人經歷調查得一清二楚。谷心裡

譯註：二十世紀初期的日本咖啡廳（café）不同於現代的咖啡廳概念，店內除了提供咖啡之外，亦提供各種酒品，而且女服務生還提供坐檯陪酒的服務，性質較接近現代的酒店。

明白，自己的底細一定早被摸透了。

谷也跟萩原一樣，需要一筆錢應急。不過並不是女友懷孕，而是在黑道經營的賭場裡欠了一屁股債。

簡單來說，只要是去年上過蟹工船，而且急需用錢，任何人都可能被黑崎看上。他挑中萩原與谷，沒有其他特別的理由。

萩原與谷都露出了懊惱的表情。相較之下，黑崎第一次顯得心滿意足。到了這個階段，黑崎才說出監視對象的具體身分。

兩人要告知蟹工船內幕的對象，是號稱「無產階級主義文學旗手」的新銳小說家小林多喜二。他爲了蒐集寫小說的相關資料，想要採訪去年曾經上過蟹工船的人。黑崎聲稱他安排妥當，小林多喜二會以爲兩人是漁業工會的人介紹來的。因此黑崎特別提醒兩人，這一點千萬不要穿幫。

聽到這裡，谷忍不住又低哼了一聲。

這意味著漁業工會裡頭也有政府的爪牙。

不過這就罷了，反正跟自己無關，重要的是……

「新銳小說家」。

「無產階級主義文學旗手」。

剛剛那自稱姓黑崎的政府官員，反覆說了這幾句話好幾次。過去谷從不曾聽過小林多喜二的名頭，不知道他寫的都是些什麼樣的小說，當然也沒讀過他的作品。谷朝坐在旁邊的「學生」瞥了一眼。只見萩原也歪著腦袋，皺起眉頭。他也是半斤八兩。谷以拇指用力搓了搓鼻頭。既然連大學畢業的萩原也摸不著頭緒，自己不知道也很正常，不必特別在意。

「有沒有其他問題？」

黑崎問道。谷抬了抬眉毛，沒多說什麼。問問題這種事，交給萩原就行了。

「呃，那個叫小林多喜二的……我們需要讀讀他寫的無產階級主義文學小說嗎？」萩原問道：「先摸清楚他的思想傾向，遇到狀況時比較知道怎麼處理。」

「除了我告訴你們的事情以外，你們不需要知道任何事。你們是門外漢，知道得太多反而變得不自然。」

「呃，但多少總是得……」

萩原似乎還想反駁，谷在桌子底下偷偷踹了他一腳，要他別再開口。

對於接下來要陷害的對象，自己知道得愈少就愈安全。何況讀小說那種麻煩事，能不幹當然再好不過。

回想起來，那已經是一個星期前了。

「……下個星期還要繼續嗎？」

萩原垂著頭，微微揚起了視線，觀察著黑崎的臉色。他似乎很擔心好不容易得到的賺錢機會，會像煮熟的鴨子一樣飛了。

「繼續下去，就照你們今天的態度和他應對。現階段你們得取得他的信賴。」

黑崎輕輕點頭，接著說道：

「我會回東京，不會一直待在這裡。你們不管探聽到任何內情，都寫在報告書裡。格式像這樣。」

黑崎像變魔術一樣，不知從何處取出一份文件，在桌上推出。

萩原拿起那份文件看一眼，發出古怪的嘀咕聲。谷以眼神問他怎麼回事，萩原於是解釋，黑崎剛剛在隔壁房間聽了三人的對話，記錄重點。

「尤其要特別注意人名。」黑崎提醒道。「只要是小林多喜二提到的人名，你們一定要問清楚，並且記錄下來。」

萩原一邊看著文件，連連點頭。

谷搔了搔長滿鬍碴的臉頰，心裡想著，自己對寫文章這種事實在不拿手，這只能交給萩原了。不過反過來想，萩原是個書呆子，只上過一次蟹工船。黑崎挑上他，多半就是期待他負責寫好報告。

想通這一點，谷覺得心情輕鬆了不少。

「這個人到底犯了什麼罪？」谷在一旁氣定神閒地問道。「還要勞煩內務省的官員，大老遠來到北海道？有什麼想問的事情，把他抓到警署問個清楚不就得了，爲什麼要搞得這麼麻煩？」

「你眞愛說笑。」黑崎故意使用了誇大的口氣。「你們剛剛也看到了，他就只是規規矩矩的銀行行員。我國是法治國家，可不能毫無理由就把人拉進警署。」

「你這麼說，反而讓我更糊塗了。」谷仰靠在椅背上，雙手在後腦杓交握，自言自語般說道：「既然是規規矩矩的銀行員，你們爲什麼暗中監視他，還花大錢讓我們寫報告？在我看來，他實在不像讓官老爺傷腦筋的大惡人。」

黑崎望著谷，微微瞇起了雙眼。一瞬間，他的眼神異常嚴峻。

「這件事的原委，你們不需要知道。」

「……胡扯！」

突然響起了不尋常的怒斥聲。

谷轉頭一看，只見萩原雙手緊握文件，臉色鐵青，全身微微顫抖。

「沒有理由就不能把人拉進警署？如果你們這麼守法，怎麼會把我哥……」

「唉，你果然提到了這件事。」黑崎裝模作樣地嘆氣。

「如果可以的話，我實在不想提。既然你問了，我就告訴你。萩原，你哥哥被逮捕，因爲他知法犯法，做了不該做的事，就是這麼簡單。」

「你胡說！我哥明彥在大學專攻法律，他絕對不會做出違法的事情！」

「以變更國體或否定私有財產制爲宗旨而組織結社者，或知情而加入者，處十年以下有期徒刑或禁錮（註）。」

黑崎以冰冷的口吻一字不差地說出了法律條文。

「這是《治安維持法》第一條的規定，你哥哥既然在大學攻讀法律，絕不可能不知情。他明知有這條法律，卻故意觸法，在校內參加了學習共產主義的讀書會。這就是他遭到逮捕的理由。」黑崎說到這裡，停頓了片刻，凝視著萩原，才接著說道：「還有，我必須澄清幾點。第一，你哥哥是在獲釋後才因身體不適過世，警察沒有殺了他。第二，你的老家確實因爲你哥哥遭逮捕，失去客戶的信任，導致生意做不下去而瀕臨破產，但警察並沒有暗中唆使，你不能把這件事怪到警察頭上。」

「不對……我哥……明彥哥是因爲……」

「好，不用說了。只要付給我們的錢一個子兒都不少，要我們做什麼都可以。」

萩原依然像失了魂一樣喃喃自語，谷趕緊制止他。

「萩原，別說了。難不成你想再上一次蟹工船？你那個在咖啡廳工作的女友不是懷孕了嗎？如果沒辦法清償債務，你女友恐怕就會帶著沒有父親的孩子流落街頭，難道你打算眼睜睜地看著這種事情發生？」

「唔……」

萩原的臉色瞬間轉為蒼白，不敢再多說什麼。

「總而言之，這事就交給我們吧。你可以放心回東京，等我們的報告。」

谷張開缺了好幾顆牙的嘴，露出賊兮兮的笑容。

「只要不必再上蟹工船，為國家做點事情也沒什麼大不了。」

3

「兔子真的會飛嗎？在海上？」

小林多喜二錯愕地朝谷問道。

譯註：「禁錮」為日本過去曾使用的刑罰概念，與「懲役（徒刑）」最大的差別在於不用執行勞動服務。但日本在二〇二二年將「禁錮」與「懲役（徒刑）」合併，改稱為「拘禁」。

「大家都這麼說。」谷若無其事地說。

「當然不是真正的兔子。」學生出身的萩原趕緊解釋。堪察加半島周圍海域的海面，常常上一刻還風平浪靜，下一秒突然出現一大片的三角浪。浪頂不斷有白色水花飛濺開，就像無數兔子跳躍在大平原上。

「原來如此，所以才有『飛兔』這種說法？沒聽你解釋，我還眞不知道怎麼回事呢。」

多喜二忙著拿變短的鉛筆在記事本上做筆記，同時恍然大悟地猛點頭。谷與萩原見多喜二的雙眸閃爍著興奮的神采，彷彿在打聽一件非常有趣的事，不禁露出苦笑。

事實上對蟹工船上的人而言，「飛兔」是非常可怕且不吉利的字眼。

一旦海面出現「飛兔」的現象，緊接而來的便是當地海域特有的可怕暴風。

假如是在捕蟹過程中出現飛兔，船長會立刻命令水手鳴笛。在母船中央的煙囪中腹位置，有一顆形狀像德國軍帽的東西，那就是警笛。開啓之後，就會發出非常尖銳的警笛聲。在母船周圍捕蟹的那些小型川崎船一聽見警笛聲，就會中斷捕蟹行動，以最快的速度返回母船。但大海往往翻臉比翻書還快，溫馴兔子馬上就會變成飢餓的獅子。很可能川崎船還來不及回航，海面已是暴風巨浪。漁夫們或許連眼睛也睜不開，只能靠不斷迴盪的警笛聲辨識方位，使盡吃奶的力氣返回母船。有些川崎船沒有成功返航，就會被巨浪推向遠方。遇上這種情況的川崎船，可能兩、三天之後自行歸來，也可能再也回不來……

「再也回不來？」

多喜二停下寫字，抬起了頭，皺起眉毛問道。

「如果再也回不來，那小船上的人怎麼辦？」

「還能怎麼辦？」谷粗魯地說道：「運氣好一點的，可能在斷氣之前被其他船救起，或是被海水沖上岸。運氣不好的話……」谷沒再說下去，只是聳了聳肩。

「嗯……」小林多喜二仰望天花板，沉吟起來。

此時谷在桌子底下朝萩原輕戳，同時向他使了個眼色。

第二次採訪。

就跟上個週末一樣，小林多喜二依照約定，來到函館漁業工會的建築物。他的外貌依然像個規規矩矩的銀行行員，尖下巴配上修長的臉孔及白皙膚色，顯得平易近人。不知道爲什麼，他一開門走進來，整間房間彷彿變得明亮不少。

這個人怎麼看都不像會被內務省官員視爲眼中釘的大壞蛋。

多喜二將雙手交叉在胸前，仰望天花板好一會，忽然像是想起什麼，匆忙從桌上的公文包中取出一張白紙，拿著鉛筆在上頭畫了起來。

谷與萩原默默看著，並沒有說話。

「請問……你在做什麼？」

半晌，沉不住氣的萩原開口問道。

「我想要畫下來。」多喜二在說話的時候，並沒有停止手腕的動作。「『飛兔』是不是就像這樣？」

他在紙上畫了許多飛躍於海面上的兔子。中央有一艘船，船上有一根大煙囪，煙囪不斷冒出濃濃的黑煙。他又畫了好幾艘正在朝著大船前進的小船。

「……希望大家都平安歸來。」

多喜二一邊畫，一邊喃喃自語。

「我小時候的夢想是當畫家。」

小林多喜二將完成的圖畫舉到兩人面前。

一艘碩大的蟹工船浮在海面上，周圍許多兔子跳來跳去。

看起來幸福又和平，就像是出自小孩子之手。

「可惜我的伯父禁止我當畫家，我小時候眞的很難過。伯父出錢供我就讀小樽高商，所以我沒有資格向他抱怨什麼……」

谷在桌子底下朝萩原踢了一腳。

「好痛！咦？啊……對了，你伯父是什麼樣的人？」

萩原慌慌張張地開口詢問。被谷這麼一提醒，萩原才想到黑崎說過，只要是小林多喜二提到的人，都必須再三確認其身分。

多喜二先是蹙起雙眉，有些錯愕，但馬上就露出和善的笑容，向兩人介紹起自己的伯父。

多喜二的伯父名叫小林慶義，在小樽經營麵包販賣事業，擁有麵包製造工廠及好幾間店鋪，店名是「帝國軍艦御用小樽三星堂」。

在多喜二四歲的時候，他的父母舉家從秋田搬遷到小樽，投靠伯父。多喜二的父母每天會從伯父的麵包工廠買進一些麵包，連同自製的麻糬，擺在住家的門口販賣，藉此勉強求得溫飽。多喜二從小學畢業後，能夠先後就讀小樽商業學校及小樽高商，完全是仰賴伯父的經濟援助。

多喜二面對萩原的詢問，毫不掩飾地說出陳年往事。

原來如此、原來如此。萩原應聲並寫下筆記。

「你沒當畫家，是正確的決定。」谷在一旁說道。

多喜二轉頭望向谷，谷露出調侃的笑容，接著說道：「我畫得還比你好。」

「嗯，我現在也很慶幸自己沒當畫家。」多喜二苦笑著。

「萩原，你也畫一張來看看吧。」

萩原聽見谷的提議，瞪大了眼睛問：「我也畫？」

「你讀過大學，畫幾隻兔子應該難不倒你吧？」

「我在大學可沒學到兔子的畫法……」

萩原嘴上這麼說，卻一副躍躍欲試。他一拿到紙，整個人便湊上去，拿鉛筆畫了起來。「如何？還行吧？」過一會，萩原將完成的畫舉到兩人面前。

多喜二與谷目瞪口呆，互相對望一眼。

「萩原，這未免太……」

「這是哪個世界的兔子？不愧是讀大學的，就是與眾不同。一般人要把兔子畫成這樣，恐怕還不容易。」

「很糟嗎？我自己覺得還不錯。」萩原看著自己的畫，歪著頭說道。

谷與多喜二又對看一眼，同時笑出來，笑聲久久沒有停歇。

「……回正題吧。」

多喜二笑過了頭，頻頻擦拭眼淚。

「正題？噢，你說蟹工船嗎？」萩原依然不死心地看著自己的兔子畫，彷彿在說一件事不關己的事情。他完全無法理解自己的畫爲什麼引來兩人哄笑。

「你們說到，蟹工船從四月到八月的四個月期間，完全不會靠岸……」

多喜二勉強壓抑下笑意，讀著記事本上的文字。

爲了寫小說，多喜二需要採訪曾經實際上過蟹工船的人。谷與萩原在和多喜二對談的過程中，才發現許多當初在蟹工船上習以爲常的事情，在世人的眼裡竟是非常不尋常。

蟹工船出航之後長達四個月都不靠岸，正是其中之一。

「船上怎麼裝載那麼多飲水和食物？你們要怎麼處理愈來愈多的蟹肉罐頭？」

「所以中繼船相當重要。」谷說明道。

每隔大約一個月，就會有中繼船來到捕蟹地點，與蟹工船接舷。中繼船會補給船上的食物及飲水，並且將製作好的罐頭載回港口。

「在蟹工船上最令人期待的事情，就是等中繼船到來。」谷瞇著眼睛說道。

「因爲中繼船沒有海水的鹹臭味，還有一種函館的味道。那是一種已經好幾個月，甚至上百天沒聞到的泥土氣味。」

中繼船除了載運食物及飲水，還會送來一些私人物品，例如信、替換的襯衫和內衣褲，以及雜誌等。

「中繼船送來的東西中，什麼最讓你們期待？」

「當然是信。」萩原說。「一聽到家人或女朋友捎信來，誰都巴不得搶來看。」

「那只限可能收到信的人。」谷酸溜溜地說道：「像我這種沒有家人也沒有朋友的人，最期待的大概是講談小說（註一）吧。」

「講談小說？」

多喜二停下了書寫，顯得有些意外。

「你別看我像個粗人，我也是識字的。」谷再度張開缺牙的嘴，一面笑一面歪著頭說：「說來奇怪，我在陸地上根本不看書，一上蟹工船之後就變得好想看書。」

在多喜二的循循誘導下，萩原與谷將許多早已遺忘，或是想要遺忘的往事，鉅細靡遺地說出來。

例如船上食堂內的桌邊牆壁上，貼著一張紙，上頭寫著：

一、抱怨伙食的人成不了大器。

二、珍惜每一粒米，那都是血汗的結晶。

三、吃得苦中苦，方爲人上人。

字跡非常醜，而且每個漢字都標上假名發音。若不是與多喜二的對話，兩人絕對不會想起這些細節。

「要是吃苦就能成爲人上人，我早就是蟹工船公司的社長了。」谷無奈地說出了感想。

除此之外，還有一些關於蟹工船上漁夫們的事。

蟹工船上所謂的漁夫，眞正專業的可說是少之又少。這些人有一部分是從北海道內地的開拓地或鐵路設施的土工宿舍（俗稱的「章魚房」（註二））被賣到蟹工

譯註一：原文作「講談本」，指將「講談師（類似華人文化中的說書人）」所講的故事以文字記錄下來的書籍，可說是現代小說的前身，盛行於十九世紀末期至二十世紀初期。

譯註二：二十世紀初期至中期的日本，由於人權觀念尚未十分普及，北海道許多隧道開挖或鐵路鋪築單位會將工人監禁在宿舍內，進行不人道的管理，強迫從事重度勞動。這些工人大多是三餐難以溫飽的流浪漢，爲了維持生計而不得不忍受虐待。由於其宿舍一旦踏入後就無法離開，就像是捕章魚用的壺，因此被稱爲「章魚房」。

船上；有的是尋找餬口機會的流浪漢，有的是只要有酒喝就什麼都無所謂的酒鬼。還有一些是在青森一帶由善良的村長所選派的「完全被蒙在鼓裡」、「像樹根一樣耿直」的農民百姓，以及像萩原這樣被仲介人從東京騙來的無業高學歷年輕人。眞正擁有在北海一帶捕魚經驗的老練漁夫，整艘船上可能只有寥寥數人，而谷正是其中之一。

「簡單來說就是龍蛇混雜，什麼人都有。」谷吐了一口痰，也吐出了心中的不屑。

谷將蟹工船稱爲「地獄」的理由之一，就是因爲在船上一起捕蟹的同伴們，都是對大海一無所知的門外漢。像萩原這種書呆子不用說，就算是其他來歷的同伴們，也幾乎不具漁業及航海的知識。他們甚至不知道鱈場蟹絕對不會出現在岩盤上，只會在沙地內成隊移動。在川崎船上，即使谷再怎麼向眾人說明海底的狀況，眾人也只會一頭霧水。跟這樣的一群人一起捕蟹，很難互相配合，不僅毫無樂趣可言，而且非常危險。

光是回想起當時的情況，谷就一肚子氣。

「對了，還有活動寫眞隊（註一）搭中繼船到我們船上。」

相較於臭著一張臉的谷，萩原愈說愈起勁，兩眼綻放著神采。

「他們帶來了膠捲放映機，以及一名辯士（註二），在船上架設白幕，播放老電影。那些電影的畫質都非常差，畫面傷痕累累，就像正在下雨一樣。假如是陸地上的電影院，絕對不可能給觀眾看那種東西，但當時在海上，我們一點也不在意。當時我看了……好像是一部西洋電影，跟一部日本電影……對了，我想起來了。西洋電影是以美國的西部開拓史為背景，描寫一名鐵道工人與鐵道公司高層主管的女兒談戀愛的故事。至於日本電影，好像是貧窮的少年靠著勤奮工作，變成大富翁的故事。」

「哼，什麼爛劇情。」谷又哼笑一聲。「就像我剛剛說的，勤奮工作就能變富翁，我早就是社長了。」

「我想想，還有什麼可以說的……」萩原無視谷的酸言酸語，緊接著說：「對了，監工的口頭禪是『這個工作不起眼，卻也是為國奉獻！就跟戰爭一樣！所以你們這些王八蛋，都要有為國捐軀的覺悟』。他每天都拿著殺鮭棒，在船上走來走去，對每個人大吼。唉，那真是可怕的回憶。此外……」

譯註一：「活動寫眞」是日本人早期對電影的稱呼。

譯註二：「辯士」指的是電影技術剛問世時，負責站在白幕旁說明劇情的人。由於早期的電影大多為無聲電影，或是沒有字幕的外國電影，必須有人在旁邊解釋，觀眾才能理解劇情。

萩原認眞地描述著自己在蟹工船上的經歷及見聞，谷在旁邊冷眼斜視，一邊以兩根手指輕捻著下巴的鬍碴。

在與多喜二的對談中，谷發現一個奇妙現象。

自己與萩原明明上了同一艘蟹工船，明明經歷同一件事，但向多喜二描述的內容竟是如此天差地遠。明明在同樣的時間，置身在相同的環境裡，眼中看見的卻是完全不同的事物。而且差距之大，已經到了讓人嘖嘖稱奇的程度。

那個內務省的官員說，「所見所聞都可以老實回答」，但實際嘗試之後，谷才明白「老實回答」反而最難。不管再怎麼自圓其說，總是有些地方不太合理，或是偏離現實。

谷瞇起雙眼，盯著萩原口沫橫飛地描述著「他的」蟹工船。

——算了，只要不是刻意撒謊，細節就別太在意了。

最後谷如此說服自己。

4

「……他是個好人。」

萩原的喃喃自語，讓谷抬起了頭。

「像這樣騙他讓我有些良心不安。」

萩原從剛剛就一直唉聲嘆氣。

此時兩人所在的地點，是面對函館港的大量紅磚倉庫群的後方一帶。十字街斜角巷內的廉價居酒屋裡，聚集了大量剛結束一天工作的碼頭工人。寬廣但昏暗的店內，雜亂無章地擺著好幾座火爐，看起來和一般石塊沒兩樣的廉價煤炭在爐內不斷冒著黑煙。加上男人肆無忌憚地抽菸所產生的煙霧，讓整間店變得灰茫茫一片，連角落的牆壁都看不見。

萩原與谷在位於牆角的桌子相對而坐。谷沉默不語，不停喝著杯子裡的冰冷燒酒。捏起幾顆有點太鹹的炒豆子，拋進嘴裡，以臼齒咬得喀喀作響。

明明旁邊就是港口，這間店裡卻吃不到什麼像樣的食物。下酒菜除了一些風乾的海產，就只有炒豆子。但很多客人連豆子都捨不得點，只能舔鹽配酒。

這是一家以碼頭工人爲主要客群的居酒屋，優點只有店內寬敞及價格低廉。

谷喝乾了杯底的最後幾滴酒，朝著女店員大喊：「大姊，再來一杯！」

女店員捧著一升（註）瓶慢條斯理地走了過來。那女店員有著曬得黝黑的臉頰，面無表情地捧起酒瓶，往谷的杯裡倒酒。「謝了。」谷簡短地道謝，舉起酒杯喝了一口，手背抹了抹嘴唇。

——這下子怎麼辦才好？

谷又抓起炒豆子放進嘴裡。

坐在對面的萩原再度深深嘆息。

得好好盤算清楚才行了。

那個內務省官員雖然答應提供「可觀的報酬」，但有幾個古怪條件。第一，工作完成才給錢。這多半是防止兩人拿了錢就逃跑吧。不過谷並不死心，一再以「身上的錢不夠，沒辦法在函館待到工作結束」爲理由提出要求，終於說服對方先支付一部分當作第一筆資金。

谷一拿到錢便興高采烈地前往了賭場，或多或少抱持著「只要賭贏了就拿著錢逃走」的念頭。但負責管理函館賭場的黑道流氓一看見谷的臉，立刻露出狡獪的笑容。

「聽說你接下了官老爺託付的工作？警察署長親自下令，在你完成工作之前，不能讓你賭博。我可不敢違抗命令，你別怨我。」

那流氓像老朋友搭著谷的肩膀，在耳邊低聲說：「工作結束，你再來。只要先把前面的賭債還清了，想怎麼玩都沒問題。」說完之後，那流氓在谷的背上輕拍了一掌。谷抱著死馬當活馬醫的心情，又跑了其他家賭場，但反應都大同小異。看來那個姓黑崎的官員，早已布下天羅地網。有些道上兄弟甚至沒搞清楚狀況，一見谷就嚇得連連揮手，說道：「聽說你被東京的警察通緝了？你快走，別連累我們！」谷心想，既然黑白兩道聯手圍堵，自己插翅也難飛了。

谷原本放棄了抵抗，工作結束前，除了在這種廉價居酒屋喝著廉價的酒，實在沒有其他事情可做。但此時見了萩原的態度，內心萌生其他想法。

谷皺起眉頭，看著坐在對面的萩原。

萩原依然不停嘀咕，臉色難看，每隔一段時間就會嘆一口氣。

谷回想剛接下工作時，那個內務省官員還當著兩人的面，提出這樣的條件：

「這件工作，我同時委託給你們兩人。所以工作結束時，你們兩人也必須在一起，否則我不會支付報酬。」

當初谷只是感到納悶，不明白官員為何提出這樣的要求。但如今想通之後，谷不禁感慨那個官員實在狡猾。

譯註：此處的「升」為日本舊制的容積單位，一升約等於一千八百毫升。一升瓶是日本相當常見的酒瓶尺寸。

這個古怪的條件，其實是爲了讓兩個人互相監視，以免其中一方做出背叛的舉動。只要其中一方中途叛逃，兩個人都沒有辦法拿到錢。讓兩個急需要錢的人像這樣互相監視，那官員就可以安心返回東京，沒必要留在北海道。

坐在對面的萩原又深深嘆了一口氣。

昨天小林多喜二才來到函館，向兩人詢問蟹工船的詳情。這已經是第幾次了？每一次與多喜二見面，和他深入交談，萩原的決心就會動搖一分。這件工作攸關到萩原在東京的那個咖啡廳女友會不會生下沒有父親的孩子，照理來說萩原應該不會輕易放棄才對，但谷總是放心不下。

「我們到小樽去吧。」

谷突然靈機一動。

「去小樽？」萩原抬起頭，兩眼空洞無神地望著谷。「去小樽做什麼？」

「那還用說嗎？當然是去當間諜，就近觀察小林多喜二。」谷興沖沖地說道。

「那個官員不是要我們當間諜，回報小林多喜二的事嗎？既然如此，多喜二在小樽時是什麼狀況，當然需要查個一清二楚。我們這麼做或許能讓工作提早結束。」

小林多喜二在小樽擔任銀行行員，只有在銀行不營業的週末才能前來函館。谷心想，與其在函館和萩原互相監視，被動等待週末的到來，不如到小樽碰碰運氣。

「這樣眞的好嗎？我總覺得不該這麼做……」

「你聽我的，不會錯。一路上花的錢再跟那個官員請款就行了，我們走吧！」

谷不想再耽誤一分鐘。

喝乾了杯裡的酒，結完了帳，萩原依然歪著頭，碎碎念個不停。在谷的催促下，兩人離開了居酒屋。

路面都結冰了，走在上頭很容易滑倒。兩人小心翼翼地來到函館車站，剛好有一班開往小樽的夜班車正要出發。兩人趕緊買了票，跳上列車。

月台響起了開車鈴，汽笛聲大作，列車緩緩駛動。

這是一班自函館碼頭發車，開往釧路方向的列車。晚上十一點多從函館出發，預定在清晨抵達小樽。

此時已是三月下旬，北海道最寒冷的季節已過，但距離大地回暖還有一段很長的日子要熬。

車廂內開啓了蒸汽式暖氣，穿著厚外套不僅不感到寒冷，還會頻頻冒汗。

昏暗的燈光下，乘客們各自挑了位置，擺出不同姿勢，準備好好睡上一覺。有的因爲空間不夠，只能以手掌拄著臉頰睡覺。有的將兩腳跨在椅背後方的隔板上，還蓋了毛毯。有的在車廂角落吹鼓了充氣枕，卻依然和旁邊的人竊竊私語，似乎還不打算入眠。

谷很幸運地占到了一個窗邊的座位，以粗厚的手掌在車窗玻璃上抹了抹。窗外多半正颳著海風。蒸汽中的小水珠在玻璃上凍結成了又白又硬的花朵紋路，根本看不見窗外景色。

算了，反正在冬季期間，車窗外除了防雪林，大概什麼也看不到。

谷將脫下來的外套蓋在肩膀上，把頭靠在窗框上，閉上了雙眼。

驀然間，谷想到了一件事。每個週末都會從小樽前往函館的小林多喜二，應該就是搭乘這班夜間列車返回小樽吧。聽說他今年二十五歲。還很年輕，但每個星期這樣奔波，想必很累。但多喜二每次見到谷及萩原，臉上總是帶著笑容，樂此不疲的模樣。

眞虧他有這樣的毅力及體力。

谷實在是想不透，多喜二每個星期從小樽大老遠跑到函館，到底有什麼樂趣。

五稜郭、森、長萬部、黑松內、俱知安、小澤、余市……

不知什麼時候開始，原本凍結的車窗玻璃變成了水藍色，透著淡淡光芒。

馬上就要到小樽了。

谷高舉雙手，伸了懶腰，拍拍臉頰，接著搖醒了在旁邊睡得正熟的萩原。

天剛亮的小樽呈現出的熱鬧氛圍，與號稱「北方大門」的函館有些不同。

兩人出了車站，走下一條平緩斜坡，朝著港口前進。走了一會，便看見小樽最有名的運河。運河邊上有碼頭，兩岸排列著大大小小的倉庫。河面上有不少駁船，不停將各種貨物從外海處的巨大商船送入運河內。同時有大量駁船，是將運河邊上囤積的貨物陸續運往外海處的商船。貨物裝卸場的旁邊就是海關，聚集了眾多外國人，使得整座城市帶有濃濃國際色彩及西洋氣氛。

萩原站在運河邊的道路上左右張望，看得目瞪口呆。此時的東京正陷入嚴重的經濟蕭條，滿街放眼望去恐怕全是失業者。因此每個從東京來的人，都會驚訝於小樽的熱鬧與繁榮，彷彿進入另一個國度或另一個時代。

谷在萩原的腰際頂了一下，萩原才回過神。

「我們快走。」

谷不等萩原回應，率先邁開大步。

「去哪裡？」萩原急忙從後頭追上來，低聲問道。

「當然是小林多喜二上班的銀行。」

「咦？眞的要去嗎？」

「你如果不想去，可以自己回函館。」

「既然來到了這裡，我當然也會去，只不過……」

「等等可要小心一點，別被他發現了。」

兩人邊說話邊前進，不一會，街道旁的建築物全變成華麗氣派的西式建築。有「北方華爾街」別稱的小樽，金融街上聚集了二十多間銀行。其中有一棟風格特別洗鍊的石造建築，坐落在十字路口的絕佳位置上，那正是小林多喜二所任職的北海道拓殖銀行小樽分行。

兩人於是站在大路上，偷偷摸摸地探頭朝窗戶內窺望。

多喜二就坐在店內深處的一張辦公桌旁。

他正在全神貫注地寫著字。半晌，他終於抬起頭，拿著一份文件資料離開了座位。他走到上司的座位，將寫好的文件資料攤開放在桌上，開始向上司說明文件資料。多喜二與谷、萩原對談時，偶爾會提筆寫字，因此谷知道多喜二的字跡不僅漂亮，而且工整易讀。谷不禁想像多喜二提交給上司的那份文件資料，上頭應該都是那樣的字跡吧。

上司拿起文件資料仔細查看，問了兩三個問題，接著點點頭，似乎很滿意。

多喜二通過銀行同事們的座位旁邊時，大多數的同事都會抬起頭來，和多喜二說上幾句話。谷聽不見對話，但看得出每個同事在和多喜二說話時，都帶著笑意。多喜二似乎也很受女性行員的喜愛，有些女性行員明明沒什麼事，卻故意走到多喜二的座位旁搭話。還有女性行員拿著多喜二推薦的書和雜誌，喜孜孜地走回自己座位。在谷的眼裡，不管是上司還是同事，甚至打雜的小弟，似乎都對多喜二頗有好感。

谷與萩原對看了一眼，將臉從窗上移開。接下來的行動必須更謹慎小心，絕對不能被多喜二發現。

幸好兩人在附近的二手服飾店買到變更裝扮的服裝、眼鏡，甚至還有假鬍子。穿戴上身，兩人的外貌截然不同，這下子就不用擔心被發現了。

兩人回到銀行門口時，銀行正是休息時間，多喜二在看書，還從公文包裡取出了紙筆，不時提筆寫字。由於他的表情和上班時間不同，此時的讀書與寫字應該都與銀行工作無關，而是與小說家的工作有關。從整個辦公室的氣氛看起來，上司和同事似乎都對多喜二在休息時間寫小說的行爲不反感。多半是他在工作上的表現不錯，所以大家默許他在休息時間寫小說吧。還有女性行員特地泡了茶，送到多喜二的桌上。

到這天傍晚，工作時間一結束，多喜二立刻將桌上收拾得乾乾淨淨，向上司及同事們告辭，便匆匆離開銀行。谷與萩原趕緊跟上，與多喜二保持一點距離，尾隨在他的身後。多喜二的頭上戴著兩人見過許多次的帽子，穿著兩人見過許多次的大衣。左側的腋下，依然夾著那高高鼓起的皮革公文包。由於那模樣太過熟悉，雖然兩人都沒幹過跟蹤這種事，卻完全不用擔心跟丟。

多喜二踏著輕快步伐，穿過小樽的大街小巷，走進了路旁一棟兩層樓的木造建築物內，登上了階梯。兩人上前一看，門口掛著一塊招牌，上頭寫著「北方海上屬員俱樂部」。谷叫住了一個剛好路過的年輕人。那年輕人看起來是個船員，谷問「這裡的二樓是什麼地方」，他回答「《海上生活者新聞》的編輯部」。

谷與萩原於是走到道路另一頭，仰望建築物的二樓窗戶。一道人影出現在窗戶內，似乎正是多喜二。他正和一個貌似報社編輯的人物討論事情，過一會，兩人開心地握手道別。谷想，多喜二應該是將原稿交到了編輯的手上吧。谷與萩原聽見多喜二下樓的聲音，趕緊藏身在建築物之間。

多喜二走出了建築物，心情愉快，邊走還吹起口哨。接著他走進位於附近的海員工會會館。谷與萩原站在外頭的走道上，清楚地聽見裡面的人迎接多喜二到來。

「這傢伙可真是大忙人……」谷難掩心中的錯愕。

「不管走到哪裡都大受歡迎。」萩原一臉羨慕地說道，接著嘆口氣。

接下來整整三天，谷與萩原一直逗留在小樽，隨時監視著小林多喜二。在兩人看來，小林多喜二的生活非常「正派」。他是被政府視爲眼中釘的人物，政府官員對付他，大老遠跑到北海道來安排線民。像這麼一個「無產階級主義文學旗手」、「新銳小說家」，兩人原本猜測一定是極度反社會的人物，背地裡過著腥風血雨的生活。親眼一看，完全不是那麼回事，谷與萩原都很意外。

最重要的一點，小林多喜二眞的是個非常優秀的銀行行員。他做事有效率，筆跡工整易讀，對任何人都很親切，隨時帶著笑容。不管是上司還是同事，都非常喜歡他。他會和銀行同事一起聚餐喝酒，還在行員們的請託下，熱心地指導女性行員讀書學習。

另一方面，多喜二經常在報紙《海上生活者新聞》上發表文章，還和學生時代的朋友們一起製作名爲《光明》（Clarté）的同人文藝雜誌（註）。他曾經爲了聽一場演講，特地前往鄰近的村落，結束後還和朋友們大談自己心目中的理想社會及文學

譯註：「同人」即「同好」之意，也就是一群志同道合的人。「同人雜誌」指的就是由一群志同道合的人共同製作的非商業性雜誌。現代人聽到「同人誌」多聯想到漫畫雜誌，但這股風潮其實源自於日本的近代文學界。

理念。因爲聊得太開心，他錯過末班車，只好走路回家，足足花了超過四十分鐘。

多喜二的家在若竹町，與上班的銀行約相隔兩站的距離。他與家人同住，正如同他當初的描述，門外掛著一塊招牌，上頭寫著「三星麵包店」。換句話說，那屋子不僅是住家，同時是一間小小的店鋪。店門口擺著父母從伯父的麵包工廠買進的麵包，以及自製的麻糬，還有一些學校用品之類的雜貨。多喜二每天回到家的時候都很晚了，但只要一踏進家門，家中就會響起歡笑聲。有時站在門外，還可以聽見屋裡傳出歌聲、小提琴聲，以及詩歌的朗讀聲。偶爾會有一名美麗的年輕女孩進出店門，但谷與萩原畢竟不是職業偵探，並沒有辦法查出那女孩的身分。

麵包店門口不同於人來人往的銀行或小樽街道，太過靠近很可能會被發現，因此兩人站在遠處窺望，以及假裝若無其事地向附近的街坊鄰居打探一些消息。每個鄰居都對多喜二讚不絕口。或許因爲他是小樽高商的畢業生，而且在銀行工作，鄰居們的口氣聽得出對他頗爲尊敬。

多喜二最近每到週末，就會往函館跑。在函館調查關於蟹工船的事，直到深夜才搭夜間列車返回小樽。一大清早抵達小樽，就直接到銀行上班。除此之外，他要幫報社寫文章，製作同人雜誌，陪同事喝酒聚餐，指導讀書學習。回到家之後，還和家人朗讀詩歌、拉小提琴，有時還幫忙製作要擺在店門口賣的麻糬。

多喜二的人生實在過得太忙碌，忙到連跟蹤他的谷及萩原都累得精疲力竭。但多喜二不管再怎麼忙，臉上永遠帶著開朗的笑意……

「算了，我們回去吧。」

先說出這句話的人不是萩原，而是谷。萩原默默點頭。

返回函館的列車上，兩人沉默不語，互相都不知道對方的心裡在想些什麼。

5

「你在看什麼？」

萩原走進房間時，發現谷到了，正在讀著雜誌。過去萩原從不曾見過谷在看雜誌，不禁好奇。

我在陸地上根本是個不看書的人……這是前陣子谷親口說過的話。

谷朝萩原瞥了一眼，什麼話也沒有說，伸手在雜誌上一推，那雜誌順勢滑過桌面，停在萩原的面前。

「咦？」萩原拿起雜誌，一看封面不由得發出驚呼。

《戰旗》十一月號、十二月號。

「這個雜誌……不是列爲禁書了嗎？你哪裡弄來的？」

「從哪裡弄來的？那一點也不重要。」谷將手掌舉到眼前揮了揮。「這裡頭有那個人……小林多喜二寫的小說。」

萩原再低頭看雜誌，上頭確實寫著「小林多喜二〈一九二八年三月十五日〉」。

「可是……黑崎先生不是說過，不要讀他的小說嗎？」

「是嗎？他說過那種話？我可不記得了。」

谷將頭轉向另一邊，挖起鼻孔。

萩原坐下來，讀起雜誌上的小林多喜二那篇小說。

整座港口發生大規模罷工時，阿惠在外頭聽見了不少「可怕的傳聞」……

回想起來，不知多久沒讀小說了。萩原想著。從前還住在東京的時候，經常和朋友們一起讀的小說，絕大多數是新感覺派（註）作家的作品。橫光利一、川端康成……萩原不禁對這些作家的名字感到懷念。最近每天都爲了賺錢而忙得焦頭爛額，根本沒有時間讀小說。

〈一九二八年三月十五日〉這篇作品，首先描述一群工會成員被警察帶回警署盤問，住家遭強制搜索。故事舞台，就是前幾天才去過的小樽。阿惠的丈夫龍吉，以及其他工會成員渡、齋藤、鈴本、阪西、工藤、石田、柴田、佐多等人，都在沒有被告知理由的情況下，遭小樽警察逮捕。爲什麼發生這種莫名其妙的事情？小說裡只隱約暗示日本第一次舉行公民普選，共產主義政黨獲得八個席次，引起政府部門相當大的恐慌。政府高層於是下令，想盡一切辦法打壓共產主義勢力。短短一個星期，警察逮捕了大約兩百個人。這些人大多是勞工及勞工運動參與者，此外包含了一些聲援他們的高知識分子。警察胡亂抓人的結果，當然是導致警署內的拘留室人滿爲患……

萩原不禁讀得入神。故事中某個橋段，讓萩原倒抽了一口涼氣。

在小樽警署內，警察打著「訊問」的名義，對遭逮捕者進行嚴刑拷打。

例如有一個男人被脫光衣服吊起來，腳尖至少離地兩、三寸。警察們除了摑巴掌之外，還拿著竹刀、尼龍繩當作武器，朝男人身上不斷攻擊。男人痛到昏厥過去，警察就朝男人的臉上潑水。男人醒了，警察改爲穿上鞋底釘了金屬片的鞋子，

譯註：「新感覺派」爲盛行於日本大正後期至昭和前期（約一九二五年前後）的文學流派，由文學雜誌《文藝時代》所催生，此流派的著名文學作家包含川端康成、橫光利一、中河與一等。

朝著男人猛踹。類似的刑求持續好幾個小時。最後警察將整張臉「腫得像石頭」的男人像垃圾一樣拋進牢籠。

另一個男人，兩手手掌被警察抓住，平放在桌面，掌心朝上。另一名警察拿著削尖的鉛筆，朝著男人的掌心猛戳。或是將鉛筆夾在手指中間，然後將手指束緊。或是勒住脖子，直到男人昏厥。男人昏厥後，警察會叫警署內的醫生確認死活。只要還活著，警察就會立刻將男人潑醒。醒了之後，又立刻勒脖子使其窒息昏厥。男人就這樣反覆醒來及昏厥，到後來腦袋都糊塗了，不管被問什麼，都只會回答「嗯、嗯」，恐怕連自己腦袋還在不在都沒辦法判斷。

還有一個男人，兩隻腳被警察用繩子綁住。警察在偵訊室的天花板橫梁上裝了一顆滑輪，接著將繩子穿過滑輪，將男人倒吊起來。過了一會，男人的臉脹得像火球一樣紅，兩顆眼珠向外突出，布滿血絲。

除此之外，有警察將三條細尼龍繩纏在一起，甩在男人的身上。就連男人身上的冬季用針織厚襯衫，也被割成碎塊。或是將男人的手放入滾燙的熱水之中，讓男人因爲強烈的痛楚與恐懼而發狂。

故事後半段有著大量這一類逼眞而殘酷的描寫，令人不忍閱讀。

——不可能吧……

萩原忍不住咕噥。

這眞的是那個小林多喜二寫出來的小說嗎？那個臉上永遠帶著笑容，待人和藹可親的銀行行員……

讀完整篇小說，萩原茫然若失，久久不能自已。這時，背後響起了開門聲。轉頭一看，穿全套黑西裝的瘦削男人進來。他是自稱姓黑崎的內務省官員。

萩原用力眨了眨眼睛，這才回想起了自己此刻置身的狀況。今天是星期五，並非小林多喜二到函館的日子。萩原在居酒屋喝得爛醉時，被一個自稱「受黑崎指示」的人搖醒。那個人強迫萩原以冷水洗了臉，硬是把他帶到了這個房間。

黑崎注意到萩原手中的雜誌，微微皺起眉頭。

「我記得給過你們忠告，別看那種東西。」黑崎坐下來，冷冷說道。

萩原看了一眼手裡的雜誌，接著看了看黑崎，又看了看谷。似乎想找理由解釋，但念頭一轉，開口問道：

「這是眞的嗎？」

「你拿小說問我是不是眞的，我怎麼回答你？」

黑崎聳聳肩，雙手手肘抵在桌上，手掌在眼前交握。

萩原握著雜誌，臉激動得脹紅。

「我不是指小說。明彥哥在警察拘留期間生了病，獲釋不久就病逝了。但他剛被放出來的時候，身上有很多瘀青。警察告訴我父母，他是在拘留所裡自己摔傷的。父母什麼也不敢多問，我哥也沒有解釋瘀青怎麼來的……難道他其實也是……」

萩原說到這裡像想起什麼，忽然皺起眉頭，甩了甩腦袋，將視線從雜誌上移開，對著黑崎露出僵硬的笑容。

「但是……絕對不可能有那種事，對吧？我也不相信……警察會對我哥嚴刑拷打。警察的職責是維護社會安定、維持秩序及守護正義，怎麼可能對民眾刑求？這太不合理了。雖然去年實施第一次公民普選之後，確實聽說許多工會成員被警察帶走……」

萩原愣了一下，似乎想起什麼，趕緊說道：

「對了，我想起來了。針對這件事情，政府正式否認過。勞農黨的山本宣治議員，去年在國會上，就曾針對有民眾遭警察刑求的傳聞，向政府官員詢問眞偽。當時代表政府回答問題的內務次官，斬釘截鐵地否定了這個傳聞。『警察訊問絕無刑求情事』、『我國歷經明治、大正、昭和等仁君盛世，此等惡行思之髮指，絕非事實』，我看報紙上的報導，他是這麼說的。」

萩原接著轉頭朝谷說道：

「沒錯，刑求是法律禁止的違法行爲，這是內務次官親口在國會上說的話，都查得到紀錄，絕對不會錯的。」

萩原的口氣不像是在對谷說話，反而像說服自己。

「由此可知，小林多喜二的〈一九二八年三月十五日〉這篇小說，完全是假的。既然是小說，當然是虛構的，這不是理所當然嗎？這麼說起來，這篇小說寫得眞好，像眞的一樣……」

萩原一口氣說完這些話，表情變得非常古怪。

房內氣氛異常凝重。谷與黑崎都故意別過臉，不把視線放在萩原身上。

「……任何組織或多或少都有一些做法過於偏激的人物。」黑崎低聲道。

「你得負責幫那些人收拾善後？看來你的工作也不輕鬆呢。」谷在說這句話的時候，視線依然向著旁邊。

「什麼意思？」萩原歪著頭：「什麼做法過於偏激？什麼收拾善後？」

過幾秒，萩原才聽懂言下之意。

「難道……這篇小說都是眞的？去年公民普選之後，眞的有民眾在小樽警署內遭到嚴刑拷打？」

此時萩原想到另一件事，「啊」一聲驚呼：

「你派我們暗中調查小林多喜二，就是因為他把民眾在小樽警署內遭到嚴刑拷打的事實寫進小說？光是把刊登了小說的雜誌列為禁書還不夠，你們還打算逮捕揭發警察惡行的小說家小林多喜二？」

「不，你想岔了。不是那個意思。」谷粗魯說道。「堂堂內務省的官員，怎麼可能替小樽警署裡的巡查（註一）收拾善後，好幾次大老遠從東京跑到函館來？他剛剛說的『做法過於偏激』，並不是指刑求民眾的小樽警署巡查。」

「咦？那不然是……」

谷一臉無奈地搔了搔頭，身體轉向萩原。

「他指在國會上明知故問的山本宣治議員，以及在正式場合全面否定的政府高官……有些事情只能做不能說，尤其是不能留下正式紀錄。應該是這麼回事吧。」

「應該是……這麼回事？你是……」

萩原雙眉緊蹙，驟然臉色大變，彷彿頭上挨了一棍。

大約半個月前……

山本宣治議員遭某右翼（註二）團體成員刺殺身亡。

綽號「山宣」的山本宣治議員，經常在國會演說時強烈抨擊內閣。即使面對執政黨及政友會（註三）體系議員的揶揄及辱罵，他絲毫不為所動，堅持在國會內孤軍奮戰。政府早已將他列爲「危險思想分子」，一舉一動都有特別高等警察隨時監視著。但在他遭到暗殺後，警方竟透過報紙對外宣稱「五日晚上，我們不清楚他的行蹤，沒有派人尾隨，沒想到發生這樣的憾事」。

為什麼只有這天沒有派人尾隨？

不管怎麼想都太不合理。

山本宣治如果沒有遭到暗殺，隔天他原本打算揭發警察在偵訊過程使用暴力的惡行惡狀，並且在國會上全力主張《治安維持法》（註四）修正案的不正當性。

萩原緩緩抬起頭，一臉茫然地望著黑崎。打從一開始，黑崎就自稱是內務省官

譯註一：「巡查」是日本警察制度中最低階的職銜。

譯註二：右翼又稱右派，在日本泛指國家主義或民族主義、皇權主義的追求者，崇尚效忠國家及光大民族，向來與左翼（左派）的共產主義追求者是死對頭。

譯註三：「政友會」爲存在於明治時代至昭和時代前期（二戰前）的政黨，全稱爲「立憲政友會」。

譯註四：《治安維持法》通過於一九二五年，主要目的在於嚴禁否定國體（皇室權威）及宣揚共產主義的行爲。其後歷經兩次修正，分別在一九二八年及一九四一年。到了一九四五年，日本成爲第二次世界大戰的戰敗國，日本政權由駐日盟軍總司令（GHQ）暫時接管，《治安維持法》及「特別高等警察制度」皆在這一年以侵犯人權爲由遭到廢除。本故事的設定年代爲一九二九年，當時《治安維持法》修正案剛通過不久。

員，而警察組織也是受內務省管轄。難道……

「如果你懷疑我們指使那場暗殺，我只能說你想太多了。」

萩原臉色慘白，像個鬼魂。但黑崎說話時，兩眼並非盯著萩原，而是面向谷。

「我們內務省再怎麼不長進，都不可能派人暗殺民眾或政治家。我明確告訴你，那場暗殺行動並非由我們主導。」

「對外的說詞，當然是如此。」谷嗤嗤笑起來。他挖著鼻孔，咕噥道：「全都是底下擅自揣摩上意，結果做得太過火了，這很常見。」

黑崎瞇起眼睛凝視著谷，經過短暫沉默，他輕輕搖頭道：

「想法犀利就像雙面刃，不見得是好事。如果不謹慎小心，遲早傷了自己。」

「哎喲，真可怕。」谷縮了縮脖子，轉頭對著萩原說道：「官老爺的忠告，你都聽見了吧？小心一點，不要自找死路。」

「咦？在說我嗎？」

萩原眨了眨眼睛，不明白自己怎麼突然變成警告對象。

「你可是讀過大學的，想法犀利不是指你，難道是指我？」

「咦？可是……真的是我嗎？」萩原得的雙手捧住腦袋，思緒大亂。

「言歸正傳，關於小林多喜二這個人，你們查出什麼了嗎？」谷說道。

「還是沒有抓到他的狐狸尾巴。」黑崎搖頭。

小林多喜二不管是在職場上，還是在家裡，都是個深受喜愛的人物，而且很受上司青睞。依照現行法規，他的行爲並沒有違反法律，谷與萩原所提交的報告書也沒辦法證明他與違法組織有牽連。照這樣下去，政府頂多只能將刊載他小說的雜誌列爲禁書，完全沒辦法將他進一步定罪。

「我相信他周遭的親友們，應該給了他一些明哲保身的建議。但即便如此，我們還是必須承認，小林多喜二的處事巧妙平衡，這是罕見的天賦。」黑崎的口氣冷靜得像在報告一場實驗結果。「正因爲有這樣的才能，他的小說在處理『藝術與勞動』、『思想與肉體』這類互相矛盾的議題時，才能夠深具說服力。」

「我眞沒想到，你竟然稱讚他寫的小說。」

「這不是稱讚，只是實話實說。」

黑崎皺起眉頭，將手掌舉到眼前揮了揮，示意停止討論這件事。

「你接下來打算怎麼做？我們的工作算告一段落了嗎？」谷事不關己地問道。要是這樣就能拿到約定的報酬，這工作可眞輕鬆。

可惜事與願違。

黑崎拿出一份大型文件信封袋。

「後天是他最後一次採訪你們的日子。你們必須趁和他交談的時候，把這份文件偷偷放進他的公文包。」

兩人接下信封袋，上頭印著「北海道拓殖銀行小樽分行」。

這是多喜二任職銀行的公務用信封袋。袋面蓋了好幾個「最高機密」、「禁止外流」的紅印，但袋口並沒有彌封。

谷與萩原一起拿出袋裡的東西看了一眼，不由得面面相覷。

磯野商會調查報告書——這份文件一看就知道相當危險。

6

「今天是最後一天採訪兩位。承蒙兩位提供寶貴經驗，真的非常感謝。」

小林多喜二再度來到函館漁業工會，對著房裡的谷及萩原鞠躬道謝。

今天是最後一天……

黑崎說得沒錯。

「關於過去我們討論過的內容，我有些疑問，今天想一併向兩位請教。」

多喜二坐了下來，將他那塞滿各種文件的公文包放在桌上。「咦？跑到哪裡去了？」就跟前幾次一樣，他翻找起採訪記事本。

「找到了、找到了。好，今天也麻煩兩位了。」

他抬起頭，和善微笑。

——一定要表現得像平常一樣，絕對不能露出破綻。

黑崎再三提醒兩人。

——盡量配合對方，表現自然，就像過去幾次一樣，知道嗎？

黑崎的耳提面命，清晰浮現在心頭。

多喜二翻開記事本，說道：「上次我們聊到的部分，我一直有些疑惑，所以進行了一番調查……呃，有了，就是這裡。關於遇難無線電，我想請教一些細節。我記得提到這件事的，是萩原先生吧？」

多喜二一邊說，一邊站起來，走到萩原旁邊。多喜二就這麼站著，將頭湊過去，認真說明問題。萩原不僅臉色發白，明顯變得比以往沉默寡言。更糟糕的一點，是他的視線根本不敢與多喜二對上。

——唉，果然不可能完全沒有改變態度。

谷仰靠在椅背上，看著天花板，雙手在腦後交握。

前幾天黑崎交給谷及萩原等文件，是前年小樽爆發「磯野佃農爭議」時，拓殖銀行小樽分行製作的機密文件。

前幾年北海道發生寒害，導致農作物產量大減，各地都爆發佃農要求減少佃租的激烈抗爭運動，「磯野佃農爭議」也是其一。

磯野商會的當家磯野進，在道央地區的富良野一帶擁有廣大土地，還在小樽經營各種海產事業，擁有市議會議員、商業會議所會頭等身分，可說是典型的「不在地主」（註）。當爆發抗爭運動時，磯野完全不接納生活陷入困境的富良野佃農們的要求，反而還要求提高佃租。對於不答應提高租金的佃農，磯野不僅會收回農地，還會向法院提出扣押佃農財產的訴訟。

爲了對抗根本見不到面的不在地主，農民工會派出代表，前往小樽與磯野進行面對面談判。無獨有偶，小樽勞動工會長年來也對磯野商會的僱用條件抱持強烈不滿。小樽勞動工會在得知農民的抗爭後，決定與農民工會攜手合作。爲了響應農民工會，小樽勞動工會底下的所有勞工全體拒絕爲磯野商會提供碼頭卸貨服務。不僅如此，整個小樽掀起一股對磯野商會貨品的拒買運動。相關抗爭運動持續了一個月以上。

最後磯野方屈服了。調解書上訂定的條件，甚至優於抗爭團體最初的要求。不同職業的複數工會攜手合作，成功逼迫資本家屈服，這對勞方來說，是非常值得紀念的重大勝利。

抗爭活動結束，小樽居民恢復平靜生活。沒想到過了一陣子，竟然開始流傳一個相當耐人尋味的傳聞。

該傳聞指出，有人暗中將磯野農場的機密資料交給抗爭團體。來自富良野的農民代表雖然能夠具體描述當地農民的慘況，但照理來說，應該沒有能力取得精確的統計數字。然而磯野最終決定屈服，主要是因爲農民代表所提出的統計數字實在太過悲慘。具體的狀況描述與統計數字同時擺在眼前，擁有足以讓任何人都動容的說服力。

問題是這些足以證明富良野農民慘況的統計數字，到底從何而來？可能的來源之一，就是磯野的主要往來銀行，拓殖銀行小樽分行。銀行爲磯野管理資金及帳務，要清查金流狀況並非難事。

當時小林多喜二進入拓殖銀行小樽分行工作，已經邁入第四年。他是對抗爭團體抱持同情的高知識分子之一，這毋庸置疑。但如果眞的是他，將銀行客戶的金流

譯註：「不在地主」或稱在外地主，指的是不住在所有農地附近的地主。地主不住在農地附近，意味著地主並沒有實際參與耕種行爲。在傳統社會中，像這樣的地主是典型的資產階級。若是地主就住在自己的農地附近，則稱爲「在村地主」。

狀況擅自外洩給抗爭團體，那可是非常嚴重的瀆職行爲。換句話說，假如抗爭團體手上的數據資料眞的由小林多喜二提供，他勢必會遭銀行解雇。小林一家一旦失去主要的經濟來源，生活馬上就會陷入窮困。而且多喜二遭解雇之後，要再找到新的工作，肯定難如登天……

「可惜到目前爲止，這都只是懷疑。」

黑崎一臉遺憾地說道。

找不到證據，一切都只是空談。

黑崎一邊解釋，遞出印著「最高機密」、「禁止外流」紅印的拓殖銀行專用信封。只要讓小林多喜二失去收入，並且訴訟纏身，他就沒有餘力參加社會運動了。警察經常使用類似手段，對付那些與政府作對的社會運動家。而且提出的證據，不見得是靠正當手法取得。

將「嚴重瀆職」的證據偷偷放入小林多喜二的公文包。

這就是黑崎託付給谷與萩原的最後一項工作。

對付小林多喜二必須如此大費周章，主要的理由似乎是因爲多喜二在銀行內部深受上司及同事信賴。

「正因爲你們不是警察，才能勝任這項任務。」

黑崎信誓旦旦地道。

多喜二有個異於常人的習慣，他隨時都把公文包放在眼睛看得到的地方，絕對不讓公文包離開視線。但或許正因爲對自己的謹慎相當有自信，多喜二常常搞不清楚公文包裡放了些什麼，或是什麼東西放在哪裡。所以就算公文包中多一個陌生信封袋，多喜二多半不會察覺。

「在銀行裡，他當然有離開座位，把公文包留在座位旁的時候。但公文包附近隨時有他的同事，外人很難找到下手機會。所以說，在這裡下手是最佳策略。」

黑崎解釋完，朱紅色的雙唇揚起淡淡微笑，又布置另一個陷阱才離開。

谷緩緩起身走到房間角落，拿起達摩爐（註）上的鐵茶壺，在自己的杯裡倒了些熱水。谷端起冒著白煙的杯子，啜飲一口，然後幫萩原及多喜二也各倒一杯。

「謝謝。」

多喜二道了謝，接過茶杯喝一口。萩原朝谷瞥一眼，也端起茶杯喝水。

谷回到座位，仰靠在椅背上，繼續挖起鼻孔，彷彿什麼事也沒發生。過了一

譯註：「達摩爐」原文作「だるまストーブ」，是日本人從明治時期到昭和中期經常使用的暖氣設備。由於形狀像達摩造型的不倒翁，所以稱作「達摩爐」。

會，黑崎布置的陷阱果然發揮效果。

「咦？怎麼搞的……」多喜二愁眉苦臉地道：「我的肚子不太對勁……抱歉，暫離一下。」

「想上廁所嗎？出去後右轉走到底。」谷依然將雙手交握在腦後，只是抬了抬下巴。

「我馬上回來。」

多喜二開門走了出去。谷與萩原互相使眼色。豎起耳朵聆聽，可以聽見多喜二的腳步聲，正如同谷的指示，朝著走廊的右方走。接著傳來走廊盡頭處的廁所門被打開的聲音。

谷立刻將事先黏貼在桌子底下的信封袋取下，放在桌上。萩原立即起身到門邊，注意門外動靜。

一連串的行動，完全依照黑崎的吩咐。

——我在小林多喜二使用的茶杯內側塗上薄薄的瀉藥。

黑崎如此告訴谷與萩原。

——我會在茶杯上做記號，你們千萬不要拿錯。等到藥效發作，他一定會去廁所，到時候你們就要迅速行動。

谷依照黑崎的指示，拿起多喜二的公文包，將包口整個拉開，拿出一些東西，把信封袋塞入中間。公文包裡本來就塞滿大量文件、雜誌及筆記本，谷將東西放回原本位置，信封袋立刻完全被淹沒，外表完全看不出來。

當多喜二從廁所回來時，兩人早已各自坐在椅子上，裝出什麼事都沒發生的表情。

「你的肚子還好嗎？」

「沒事了，可能有點著涼。」

多喜二聽谷問得開門見山，有些不好意思，臉頰微微泛紅。「我們繼續剛剛話題……」他旋即走向萩原。

過一會，谷站了起來。這也是黑崎的指示。「我也去一下廁所。」谷丟下這句話，氣定神閒地走出房間。

到廁所小解後，走回來途中，谷故意搞錯，打開隔壁房間的門。

一道人影獨自坐在陰暗的房裡，正是黑崎。

谷露出狡獪的笑容，朝著黑崎輕輕點頭。

7

隔天。

星期一早晨特有的匆忙氛圍，籠罩著小樽街道。

道路兩側依然殘留著大量積雪，上班族們吐著白煙，默默快步前進。

天空被淡淡的雲層覆蓋，不斷飄下細雪，又是個寒冷的日子。

聚集了二十多家銀行的十字街道，陸續有任職各銀行的行員爲了趕在八點前進入銀行，從四面八方湧來。其中一道人影，身穿深藍色毛氈大衣，頭戴紳士軟氈帽，左側腋下夾著高高鼓起的公文包，正是小林多喜二。他搭乘的夜間列車，剛剛才抵達小樽車站。雖然在列車內曾利用盥洗室整理一下儀容，但頭髮依然亂翹。幸好戴著帽子，暫時不會被人看見。

多喜二在朝著相同方向前進的上班族中，發現了自己的同事。他於是快步上前，以開朗的聲音向對方打招呼。笑容可掬的多喜二，具有一股吸引他人的力量。其他同事、女性行員、屬下及上司都朝著多喜二靠近，想要與多喜二打個招呼，說上幾句話。隨著多喜二愈來愈接近拓殖銀行，聚集在身邊的人愈來愈多，簡直就像大家約好一起上班。抵達拓殖銀行小樽分行的建築物之後，大家依照在公司裡的座位順序，魚貫走入建築後方的行員專用出入口。

就在多喜二跟著同課前輩踏進銀行的那一刻，埋伏在附近建築物後方的一隊巡查立刻衝上前。

穿警察制服的數名巡查從兩側架住小林多喜二，毫不理會其他行員的錯愕目光，直接將多喜二帶到他的座位，按在椅子上。在場的行員全看傻眼，只能站在遠處望著被警察包圍的多喜二，不敢上前詢問。

「發生什麼事了？」

分行長的聲音，吸引了目光。此時多喜二坐在椅子上，周圍站著好幾名警察，分行長以視線詢問多喜二，多喜二歪著頭不說話，顯然他也搞不清楚現況。

「請你們立刻出去。外人未經許可，不得擅闖銀行。」分行長對著眾警察嚴厲說道。

「我們接獲通報。」

旁邊忽傳來一道冰冷的聲音，同時一穿黑色西裝、身材修長的男人走到分行長的面前。男人膚色白皙，臉像戴了面具一樣毫無表情，而且毫無特徵可言。彷彿只要一轉頭，就想不起這個男人模樣。

「你是誰？」分行長錯愕地皺起眉頭。

男人走上前，在分行長的耳邊低聲說兩句話，分行長立即臉色大變。「原來如此……既然是這樣，請自便。」分行長的態度瞬間出現一百八十度變化，低聲下氣聽憑男人掌控大局。

穿黑西裝的男人接著環視周圍的行員們，朗聲說道：

「根據線報，貴行的小林多喜二疑似有洩漏客戶重要情資的嚴重背信行爲。現在我將當著大家的面，驗證指控的眞實性。」

男人說完話，抬抬下巴，朝一名巡查下達極簡短指示：「動手。」

那巡查從桌上拿起多喜二的公文包，擺在另一張桌子上。多喜二起身想阻止，但被其他巡查從兩側壓制住。

眾目睽睽下，巡查打開多喜二的公文包。

巡查將包裡物品一一拿出來放在桌子上。

各式各樣的文件資料、寫一半的稿紙、筆記本、小冊子、雜誌、工作資料……轉眼間，各種紙張在桌上堆積如山。所有人都屏住呼吸，默默觀望著這一幕，隨著東西愈來愈多，不少人開始面面相覷。「多喜二的公文包」在行內很有名，沒看過的人也一定略有耳聞。因爲那公文包永遠高高鼓起，而且多喜二隨時都將公文包夾在左側腋下，那模樣成了他在行內的標準形象。「那麼多物品，到底怎麼塞進去……」一名女性行員低語，引來不少竊笑聲。

但當巡查從公文包中取出拓殖銀行的專用信封袋時，現場的氣氛瞬間變得凝重。一個印有「最高機密」、「禁止外流」紅印的拓殖銀行專用信封，怎麼會出現在多喜二的公文包裡？在場每個人都很清楚那代表什麼。

「這是什麼？」

黑西裝男人指著巡查取出的信封袋，朝多喜二問道。

多喜二依然歪著頭，一頭霧水。

「重點在袋裡裝什麼。」

黑西裝男人勝券在握地說完話，拿起信封袋，抽出紙張。

下一秒，一名行員大笑出聲。緊接著其他行員也都笑了起來。

男人從信封袋中抽出的紙上，畫著一隻醜不啦嘰的大兔子。

「……怎麼回事？」

男人發出呻吟般的聲音，將袋裡其他紙張一張張抽出。每張都畫著醜陋的兔子。有些兔子用奇怪的姿勢在海面上跳躍，有些兔子正用後腳朝著船身飛踢……

轉眼間，笑聲已經變成毫無顧忌的大笑。黑西裝男人就在這樣的笑聲中，率領一群巡查離開了銀行。

8

右手邊是大片灰茫茫的海霧。在遙遠彼端，可見祝津燈塔。隨著燈塔上那照明燈光的旋轉，刺眼的光芒一次又一次在眼前閃過。每當那光芒照向其他方向，銀白色的長長光杜總是延伸到數海里遠，宛如神祕的未知現象。

谷勝巳將凍僵的雙手手掌舉到嘴邊，圍成一圈，吁出一口白色氣息。

同一時間自函館出航的其他蟹工船，有些早已遠去，有些隱身在海霧中，如今一艘也看不到了。

——逃到這裡，應該安全了吧。

彎成了弧狀的手掌底下，藏著賊兮兮的笑容。

那個內務省的官員再怎麼暴跳如雷，也不可能追到鄂霍次克海來抓人。

雙方約好的報酬，後面的部分當然不可能拿到了。但谷不是很在意，反正到蟹工船上待四個月，就能把那筆錢賺回來。谷是個對北海瞭如指掌的優秀漁夫，對於長期人手不足的蟹工船公司來說，是最珍貴的人力資源。

眞不可思議。谷環視灰色大海，瞇起了雙眼，心裡如此想著。

當初的自己，明明抱著「只要能夠不上蟹工船，要我做什麼都行」的想法，如今覺得就算再上一次，也沒什麼不好。

這次接了政府官員的工作，向小林多喜二說明蟹工船的詳情，說著說著，自己的心情竟然產生變化。當初那個「到地獄走一遭」的自暴自棄心情，以及蟹工船上的生活，竟然讓谷變得有些懷念。不，正確來說，是好想回到那白兔翻飛的堪察加荒海，再體驗一次捕蟹的快感。當升起的漁網中夾帶大量蟹影，那種血脈賁張的感覺，絕對是陸地上任何事情都無法比擬。相較之下，賭場帶來的快樂微不足道。谷心裡很清楚，自己冒著生命危險進入北方荒海，獵捕鱈場蟹、鮭魚及鱒魚，絕對不是基於什麼大日本帝國的偉大使命。單純只是喜歡這份工作。唯有工作，才能讓自己眞正有活著的感覺。如今的谷，對這一點有了深刻的體會。或許這也意味著，自己就是「天生要當漁夫」的人。

讓谷想通這一點的契機，是小林多喜二說的話。

——蟹工船會變成地獄，單純是因爲勞動條件太差，以及報酬分配不合理。

小林多喜二一句話，讓谷恍然大悟。

不管是捕魚、捕蟹還是開船，這些勞動行爲都會產生價值。因此在正常情況下，工作不可能愈做愈窮。如今出現不管怎麼工作都無法擺脫窮困，甚至想要一死了之的慘況，是因爲工作產生的財富被少數富人獨占了。所以每個人都應該要爲自己每一天的工作所產生的價值感到驕傲。谷在與小林多喜二多次對談後，終於意識到自己心中其實一直有身爲漁夫的驕傲。

——像我這麼優秀的漁夫，當然有資格要求合理的勞動條件與報酬。

谷自己也感到驚訝，沒想到會產生這樣的想法。

當然這個情況僅限於自己，並不適用對大海一無所知的「書呆子」萩原。然而他讀過大學，他可以從事自己無法從事的工作。

最後接受多喜二採訪的隔日，谷前往青函接駁船的乘船處，送萩原離開北海道。

「眞的很謝謝你的幫忙。」

萩原對谷鞠躬道謝。回到東京，萩原將前往一家保險公司，接受求職面試。

他找到這份職缺，是因爲他在偶然間向小林多喜二提起秩父丸的沉船事故。秩父丸是一艘租賃船，由谷及萩原工作過的蟹工船的母公司所租下。這艘船去年在鄂霍次克海意外沉沒，整個社會都認爲這只是一起不幸的海難事故，但萩原聽到一個驚人內幕。當初秩父丸即將沉沒時，曾經發出ＳＯＳ求救訊號，萩原及谷所搭乘的蟹工船剛好就在附近，船長本來要即刻救援，沒想到遭蟹工船公司派來的監工阻止。「那艘破船保了高額的保險金，讓它沉沒反而能讓公司賺大錢。」監工告訴船長的話，偶然間被萩原及谷聽見了。

多喜二得知此事，立刻向秩父丸投保的保險公司詢問，得知保險公司已支付保險金給蟹工船公司。身爲銀行行員的多喜二，似乎爲了萩原，數次與東京的保險公司交涉，最終保險公司表示「我們公司最近有一個職缺，如果萩原先生願意爲當時的情況作證，我們可以考慮僱用他」。

如果蟹工船公司在秩父丸遇難時刻意不救援，意圖使船沉沒，保險公司便有理由追回保險金。萩原在蟹工船上工作，幾乎創造不了任何價值，但對保險公司來說，他是「大學畢業的高材生」。何況萩原若能爲保險公司作證，他的價值更是難以衡量。谷怕萩原一個人的證詞不夠分量，還把自己的證詞也寫在紙上，簽名並蓋了指印，交給萩原。

「我們做那種事，眞的不要緊嗎？警察會不會把我們抓起來？」

萩原站在函館的接駁船乘船處，惴惴不安地左顧右盼，壓低聲音詢問谷。他口中的「那種事」，當然就是將內務省官員交付信封袋裡頭的文件，替換成兔子圖畫。至於信封袋內原本的資料，兩人匿名寄到內務省，指名收件人爲「黑崎」。

谷哼笑了一聲。事情都做了，這時才擔心要不要緊也無濟於事。何況兩人如果沒有抽換掉信封袋裡的文件，多喜二勢必會遭到銀行革職，這麼一來，因爲多喜二的介紹才獲得保險公司面試機會的萩原，很可能也會被保險公司踢掉。萩原明明是讀過大學的高知識分子，卻對這些人情世故一無所知。

「那官員自己說過，日本是法治國家，警察不能毫無理由就把人逮捕。我們做的事情，只不過是將袋裡的東西換成兔子圖畫，要拿這個理由來逮捕我們，太牽強了些。」

「話是這麼說……」萩原還是放心不下。

「何況我們不是小林多喜二，我們沒有『新銳小說家』、『無產階級主義文學旗手』之類的頭銜，堂堂內務省的官員，哪有時間對付我們這種無名小卒？」

谷在萩原的肩頭重重拍了一下，接著道：「不過畢竟我們惹惱了大人物，還是暫時避避風頭比較保險。如果眞的被盯上了，那只能走一步算一步。就這樣吧，幫我向你那個在東京的咖啡廳工作的女朋友問好，祝你們生個健健康康的娃兒。」說完，萩原便上船了。

谷也立刻安排自己上了蟹工船，與萩原再也不曾見面。

兩個月後。

在堪察加半島附近海域捕蟹中的蟹工船，迎接一艘中繼船。

「路上的補給品來了。谷哥，眞難得你有包裹。」

船員將一個包裹交到谷手中。谷打開包裹一看，裡頭是兩本講談小說。一看寄件人的名字，上頭只寫著「谷的弟弟」，但谷根本沒有弟弟。

谷拆掉講談小說的封面，赫然是《戰旗》五月號、六月號。翻開內頁一讀，原來是小林多喜二的新小說《蟹工船》，分成兩期刊登在《戰旗》雜誌上。

這是當初谷拜託萩原幫忙寄送的物品。雜誌內並沒有夾帶任何告知近況的信件，但封面角落畫著一個小小紅圈。兩人事先約定過，如果平安生下男孩子，就畫一個藍圈。看來萩原的女朋友生下一個女兒。

谷走向通稱「糞壺」的漁夫休息區，仰躺下來，一邊咬著路上送來的蘋果，讀起《蟹工船》。

——往地獄走一遭！

小說以這句話作爲開場白。讀了一會，谷已深深著迷，拋開蘋果，翻了個身，變成趴著。

太精采了。

谷的一雙眼睛直盯著小說，好幾次屏住呼吸，好幾次哈哈大笑。

多喜二明明只是輾轉聽我們描述，怎麼寫得宛如親眼所見一般生動？

谷沉吟了一下，恍然大悟。不對，不是宛如他親眼所見，而是剛好相反。這篇小說裡所有內容及橋段，都來自谷及萩原的描述。但如果只是把聽來的內容單純地擺在一起，那就不叫小說了。說起來弔詭，谷有種錯覺，彷彿自己讀了小說之後，才眞正看清楚自己置身的蟹工船是什麼地方。沒錯，閱讀小說的行爲，其實就是以作者的雙眼，以小林多喜二的雙眼來看這個世界。小說中字字句句，將蟹工船上的勞動生活描寫得清晰生動，不需要任何解釋，就讓人徹底明白蟹工船爲什麼是地獄，以及蟹工船如何成爲地獄。但更不可思議的一點，是讀完了小說之後，心情異常清爽舒暢。谷猜想背後原因，就在於小林多喜二這個人在本質上，還是對人性及勞動行爲抱持信任的態度。

谷的腦海裡，浮現一尾雲雀。那雲雀飛翔在初春的高空，發出關關鳥囀。牠不畏懼老鷹，不畏懼烏鴉，不畏懼遊隼。牠在空中一角不停鳴叫，宣告著春天到來。生活在地面上的人，總是在聽見了雲雀的聲音之後，才察覺春天已經降臨。

根據萩原的描述，刊登了〈一九二八年三月十五日〉的那本《戰旗》雜誌，初版就印了八千本。雖然被列爲禁書，但靠著口耳相傳，如今再版好幾次。萩原說過，這種情況少之又少。

這意味著，世上的每個讀者都想要知道眞相。這意味著，每個人都在追求一篇勇敢寫出現實的小說。刊登《蟹工船》的五月號及六月號，肯定也會在一出刊就被列爲禁書吧。但這麼有趣的一篇小說，能夠吸引的讀者肯定遠勝於〈一九二八年三月十五日〉。

闔上雜誌前，谷忽然對小說裡的某個橋段，感到放心不下。

小說《蟹工船》接近尾聲的時候，描述一群人正在製作「獻給天皇」的蟹肉罐頭。

「隨便塞些石頭進去就行了！管他的！」

一名漁夫如此大喊。

把這件事告訴多喜二的人，正是谷自己。當初谷聲稱自己在蟹工船上說了這樣的話，而多喜二把這個橋段放進小說。然而事實上，谷根本沒有說過這句話。當初在蟹工船上，谷只是腦海浮現了這句話，但沒有說出口。向多喜二描述時，谷卻聲稱自己眞的這麼說了。

那時小林多喜二聽到這句話時，微微瞇起一邊眼睛，帶著三分狐疑。谷看見他的神情，立刻察覺自己說得太過火，牛皮吹得太大。於是谷揚起了眉毛，擠出戲謔笑意。這表情的意思，當然是「不好意思，我說過頭了」。谷以爲多喜二理解自己的意思，沒想到他還是把這句話放進小說。

如果那不是一場誤會，代表多喜二認爲小說裡應該要出現這樣的台詞。谷沉吟著，心頭驀然萌生不安。

近年來，「不敬罪」的騷動在社會上鬧得沸沸揚揚。說起來有些莫名其妙，上到政客及官員，下到市井小民及黑道流氓，都把「對天皇不敬」視爲萬惡之首，避之唯恐不及。小林多喜二並沒有因爲洩漏機密而遭銀行解雇，最主要的原因並不是那些兔子畫，而是他深受上司及同事信賴，大家都願意與他站在同一陣線。但如今他在《蟹工船》中寫了一句「隨便塞些石頭進去就行了」，很可能會徹底改變周圍的人對他的態度。那個姓黑崎的官員讀了這篇小說，很可能會暗自竊喜，認爲終於抓到小林多喜二的把柄……

「誰准你們休息了！」

甲板上傳來怒吼，將谷的思緒拉回現實。發出怒吼的人，是東京母公司派來的監工。雖然和從前與萩原一起在蟹工船上工作時的監工並非同一人，但對雜役、漁夫的惡劣態度如出一轍。他同樣拿著一根棒子，一棒棒打在年輕雜役的身上。爲什麼全天下的蟹工船監工，都是這種狐假虎威的惡霸，整天仰仗公司賦予的權勢，在船上耀武揚威？這一點，反而才是讓谷最不可思議的事情。

這艘蟹工船從出航至今，已過了兩個月，船內已經瀰漫著一股強烈的不滿氛圍。谷心想，差不多該是時候，可以慫恿大家造反了。

「踐什麼踐！混帳東西！」

小林多喜二在小說《蟹工船》中，一再重複讓登場人物說出這句台詞。因此谷一讀到這句話，就會忍不住笑個不停。眞是句好台詞。第一步，就讓這句話成爲船上的流行語吧。

谷熄掉香菸，緩緩起身。

和萩原共事的那次，谷就慫恿過船上眾人罷工。可惜後來海軍出手干預，沒有成功。

這次或許會失敗收場。

無所謂，就像小林多喜二在小說中說的……

——再試一次！

叛徒

一根火柴棒，灼灼轉眼成灰燼，生命亦如是……

1

或許是因爲那黑玳瑁材質的碩大圓框眼鏡，丸山最初竟然沒有認出那個人。直到有人喊一聲「鶴先生」，那個人轉過頭，丸山一見那側臉，昔日的回憶驀然湧上心頭。

五官清秀，膚色白皙，圓框眼鏡後頭一對烏溜溜的眼睛炯炯有神。那模樣與四年前最後一次見面時如出一轍。

——終於找到了。

丸山嘉武壓低頭上的紳士軟氈帽，蓋住半張臉，淡淡微笑。

從東京中野區大和町的透天厝走出來的男人，名叫喜多一二。他是個川柳（註）作家，近年來以筆名「鶴彬」在社會上走紅。

丸山站在道路對面的二手書店門口，假裝物色二手書，卻是利用映照在玻璃門

譯註：「川柳」是俳句的一種，句型由五音、七音、五音共十七音所組成。創作上不像一般俳句那麼嚴謹，主題多爲詼諧或諷刺，亦沒有季語等限制，對現代日本人而言較具親和力。

上的景象，觀察鶴彬的舉動。

跟四年前比起來，鶴彬似乎變瘦了。原本理著平頭的頭髮，現在留長了。一頭卷曲的頭髮全梳向腦後，整理得服貼。他那修長的身體，從前總是微微向後仰，展現一股傲氣，如今變得有點駝背。難道是這幾年身體有什麼病痛嗎？抑或……那也是隱匿身分的手段之一，就跟那副黑色的圓框眼鏡一樣？

喊住鶴彬的男人，是丸山不認識的年輕人，兩人正站在路旁說話。鶴彬今年二十八歲，兩人看起來年紀相差不遠。可惜太遠，聽不到對話內容。

丸山正全神貫注地盯著映照在玻璃上的影像，忽然一道人影，無聲無息地進入視線範圍。丸山完全沒聽到腳步聲。丸山轉頭一看，陌生男人已來到身旁。如今可是最炎熱的八月盛夏，那男人穿得一身黑。尤其今年過了盂蘭盆節之後，氣溫絲毫沒有降低的跡象，在這種連街景都會因高溫而扭曲的酷暑之中，一身黑的男人卻有著一張白皙的臉孔，而且臉上不見一滴汗珠。

「請問你是丸山憲兵上尉吧？」

男人假意拿起擺在店門口的二手書，低聲問道。

丸山輕輕咂嘴。怎麼這種時候有人來攪局？看來今天的行動就到此為止了。

丸山轉頭望向玻璃，原本站著講話的鶴彬及年輕男人邁開步伐，在路上並肩而行。丸山見兩人彎過轉角，看不見身影之後，才轉身面對隔壁的男人。

「你是誰？」

丸山正眼瞪視著男人，厲聲喝問。

憲兵上尉的這麼一句喝問，足以讓絕大多數軍人嚇得全身直打哆嗦。

沒想到男人竟然絲毫沒有畏懼之色，只是輕輕將二手書放回書架上。

「敝姓黑崎，任職於內務省。」

男人說完話，朝丸山微微點頭致敬。

內務省的官員？

這意料之外的答案，讓丸山揚起粗大的眉毛。仔細一瞧，這男人鬼鬼祟祟的狡猾模樣，確實正像個政府官員。

「內務省的官員，找我有什麼事？」

丸山問道。男人瞥一眼手錶。

「這裡不方便說話，不曉得能不能耽誤你一些時間？」

黑崎一說完，立刻有一輛黑頭車彎過轉角，停在兩人的面前。

車門開了。

「請上車。」姓黑崎的男人淡淡地道。

2

丸山被帶到位於赤坂一間老字號的日式料理餐廳。

老闆娘出來迎接兩人，黑崎低聲說一句話，老闆娘立刻轉身，將兩人帶進店內深處的小包廂。

黑崎讓上座（註一）給丸山，丸山乖乖坐下，環顧房間擺設，不禁有些錯愕。

背後是打磨得光滑油亮的床柱（註二），壁龕內掛著一幅氣派的飛瀑水墨畫，花瓶內插著不知名的清新花朵。庭院草木修剪得整整齊齊，在風中輕輕搖擺。掛在簷角的風鈴不斷發出清脆聲響，更增添涼爽的氛圍。

光是這裝潢，就不知花了多少錢。還得在漫長的歲月裡，歷經許多人的細心維護，才能營造出這種特殊的空間氛圍。

這時，紙門開了，剛剛那個老闆娘走進來。她先朝兩人深深行一禮，才親自將餐點一一擺放在丸山及黑崎的面前。接著她又行了一禮，便退出房外。在這短短的時間裡，老闆娘一直低著頭，故意不看丸山的臉，一句話也沒說。

丸山低頭望向眼前的餐點，再度揚起粗大眉毛。

數道精緻可口的餐點，盛裝在美麗的餐盤內。旁邊還有一只小酒瓶，表面掛著不少水珠，看起來冰冰涼涼，裡頭應該是冰鎮過的日本酒。在這個物資不足的年代，丸山記不得上一次目睹這樣的珍饈佳餚是什麼時候的事了。

「你們內務省可眞是有錢。」

丸山忍不住譏諷了一句。不管盛夏還是寒冬，一年到頭都在戶外奔波出任務的丸山，根本沒有機會踏入這種高級日式餐廳。

「你先告訴我，這一餐我得付多少？」

「這間餐廳不必付錢。下次你想來，隨時可以來。」黑崎舉起自己眼前的小酒瓶，遞到丸山的面前，示意爲他斟酒。

「這樣的餐廳不必付錢？」丸山環顧左右。「你在戲弄我嗎？」

丸山心知肚明，免費才是這世上最昂貴的東西。

「說吧，多少錢？」

丸山毫不理會黑崎舉到面前的小酒瓶，靜靜等著答案。

譯註一：「上座」指舉辦宴席或會議時地位最高者所坐的位置，通常在距離壁龕最近或距離門口最遠的地方。

譯註二：「床柱」指的是壁龕側邊的裝飾用柱子。

黑崎收回小酒瓶，往自己的杯裡倒酒。

「享受服務的代價，不見得是支付金錢。」

黑崎輕描淡寫地說明來龍去脈。

這間日式餐廳的老闆娘有個獨生子，去年遭特高逮捕。理由是他和一群朋友們偷偷傳閱宣揚共產主義的禁書。這些人在接受偵訊的時候，全都老實認罪，表現出悔改的誠意，也提交拋棄共產思想的聲明。因此他們落網後不久，就得到保留起訴處分，全部釋放。

「自從發生那件事情，我們跟老闆娘就有了一點交情。」

黑崎啜了一口酒，揚起淡淡微笑。

「剛剛我對老闆娘說的話，其實是『想要借一間包廂談點事』。至於這些餐點和酒，完全是老闆娘基於善意主動提供。你如果付錢，反而會造成老闆娘的困擾。」

丸山見黑崎厚著臉皮說出這種荒謬的事情，不禁搖頭苦笑。

不過類似的事情，最近丸山聽過不少。

保留起訴處分指的是暫時釋放嫌犯，既不加以起訴，也不宣告緩起訴的司法措施。其施行的原則爲「只要當局在觀察期間判定嫌犯已深刻反省，就不進行起訴」。近年來由於遭檢舉的民眾大量增加，看守所沒有足夠的空間收容這麼多嫌犯，所以出現這樣的因應制度。然而「深刻反省」並沒有明確的基準，觀察期間的展延標準也很模糊，因此是否起訴的判斷完全掌握在當局手中。

老闆娘的獨生子，就像成了特高手中的人質。當有權管轄特高的內務省官員來到店內，低聲商借包廂，老闆娘絕對不敢拒絕，當然也不敢只給兩杯水就打發，於是便出現老闆娘「基於善意」提供精緻餐點。

恐怕不止如此。

丸山瞇起了眼睛，繼續推敲。

特高一定還要求老闆娘隨時回報客人名單。而且是在客人預約包廂的時候就回報，特高只要一發現名單中有值得注意的人物，就會在客人用餐時躲在隔壁房間偷聽。老闆娘爲了保護心愛的獨生子，不惜踐踏長年建立的商譽，甚至出賣靈魂。

「光靠我們單薄的能力，沒辦法監視所有人民的一舉一動。」黑崎的嘴角揚起淺淺笑意。「我們要善盡職責，勢必得獲得部分民眾的協助。這間餐廳的老闆娘，就是一位願意主動協助的熱心民眾。」

主動協助？睜眼說瞎話。

丸山皺眉，拿起小酒瓶，倒滿自己的杯子，一口喝乾。明明是美酒，入喉卻滿嘴苦澀。

「我已經吩咐過老闆娘，任何人都別來打擾。」

黑崎放下酒杯，低聲道。

丸山心想，難怪老闆娘一句話都不敢說，連客人的臉也不敢看。在這裡說的任何話，都不會流傳出去。

「好吧，你想問我什麼問題？」

丸山臭著臉說道。但剛說完，丸山想到另一件事，趕緊問道：

「等等，在你問之前，先讓我問一個問題。你怎麼知道我是憲兵？」

丸山今天穿白襯衫配灰色西裝，頭上戴著紳士軟氈帽，完全是「地方人」（軍方內部稱民間人士的黑話）的打扮。在軍人的世界裡，這叫「商人服」，是軍人相當看不起的服裝。而且丸山平日極少穿軍服以外的服裝，今天也不曾把行蹤告訴任何人。

在二手書店前方，黑崎一口斷定丸山身分是「憲兵上尉」，丸山百思不得其解，所以才願意跟著黑崎到這間店。

「有位熱心民眾，提供了這樣的消息……」黑崎垂著頭，回答丸山的疑問。

——一個額頭有軍帽曬痕的人，到處打聽關於鶴彬的事。雖然穿著一般民眾的便服，但肯定是憲兵。

「一般民眾要看出你們的憲兵身分，其實比你們想的簡單得多。」

丸山聽了黑崎這句話，不禁苦笑。

在所有帝國軍種中，憲兵是非常特殊的軍種。憲兵的職責，是取締軍人的違法行爲。在一般社會上，警察會藉由穿制服來彰顯出自己的身分與一般民眾有差異。同樣的道理，在每個人都穿軍服的軍隊世界裡，憲兵也有必要讓所有的軍人一看就知道自己是憲兵。

基於這個緣故，憲兵平日執行任務必須穿著全套的制式服裝。

在一般人的觀念裡，憲兵的象徵配件就只有臂章及白手套，但其實憲兵還必須隨身攜帶捕繩、警笛及憲兵手冊，穿著長靴及皮革護腿，身上佩掛手槍及軍刀。除此之外還有防寒防雨用的斗篷，憲兵用的斗篷爲了避免妨礙捕繩等工具的使用，設計得比一般斗篷短得多。總而言之，憲兵在服裝上十分講究。

憲兵走在路上，不可能沒戴軍帽。愈是認眞執行任務的憲兵，愈容易出現臉部曬黑但額頭留下白色帽痕的狀況。尤其到夏天更是如此。

丸山回想起自己在鶴彬住處附近到處打探關於鶴彬的事情時，因爲天氣太熱，好幾次拿下軟氈帽，朝著胸口搧風。想必就是在那時被人看見額頭上的「軍帽痕」。要不然就是對一般民眾說話時，不小心使用了平常盤查軍人的口氣。

「這不是你的錯。」黑崎的手微微舉起。「所有軍種裡，就只有憲兵會穿著便服執行監視任務。因此就算是一般民眾，也可以輕易猜出你的身分。還有一點，你向民眾打聽消息的時候，說過自己是鶴彬從前住在金澤時的熟人。既然你的身分是憲兵，而且跟鶴彬是住在金澤時的熟人，我們根據這兩點，就可以推測出你是丸山憲兵上尉，這一點也不難。」

黑崎接著表示，剛剛向鶴彬搭話那個年紀與鶴彬相仿的年輕人，其實是自己的協助者。

「過去我因爲疏於注意，發生意外狀況，搞砸事情，所以我現在非常謹慎小心。」黑崎苦笑著道。「鶴彬也是我們的監視對象，如果先被你們抓走，事情會很麻煩，我們必須未雨綢繆……話說回來，現在跟當時已經不同了，政府體制配合法律進行了調整，最近我們辦起事情來，已經不像以前那樣綁手綁腳。」

黑崎說到這裡，揚起一抹得意的微笑。

這話可說得好聽。

丸山忍不住在心中咂嘴。說穿了，其實就是《治安維持法》的修正，導致特高——特別高等警察組織迅速壯大，擁有花不完的機密費。如今特高能夠在社會上擁有大量線民，充足資金也是原因之一。內務省及特高掌握的線民人數，只能說多得令人難以想像。說好聽點是警民合作，說難聽點是互相陷害。到底是從什麼時期開始，這個國家變成這副德性……

「請容我開門見山問……」黑崎以眼角對著丸山，問道：「你調查鶴彬的理由是什麼？他目前是特高的監視對象，一舉一動都在我們掌控中，不需要勞煩憲兵上尉親自出馬。」

「原來你們也有查不到的事情。聽你這麼說，我放心不少。」丸山酸溜溜說道：「有一點小事，我得親自確認才行。我們憲兵隊不像你們擁有大量線民，不管要確認什麼，都只能親自上陣。」

黑崎皺起眉頭，對丸山的動機有些摸不著頭緒。

「趁這個機會，我就跟你說清楚。鶴彬的事由我們憲兵隊處理就行了，你們特高不要來攪局。」

「但是……」黑崎一臉狐疑地道：

「他是一般民眾，並不是軍人。我們來處理，應該比憲兵出面好得多。」

這個蠢蛋似乎誤會了什麼。

丸山低著頭咕噥幾句，抬頭回應道：

「我的目的不是要取締他，而是要讓他加入憲兵隊。我今天來，主要是確認他就是我心中所想的那個人。」

丸山一說出口，黑崎的臉色登時由狐疑轉爲驚愕。丸山心想，光是目睹內務省官員露出那種表情，今天的辛苦就算值得了。

黑崎一臉詫異地說道：

「但鶴彬這個人是標準的赤色分子（註一），從前的第七聯隊赤化（註二）事件，就是由他所主導。丸山上尉，你既然是軍人，不可能不知道。你想要讓赤色分子鶴彬加入憲兵隊？這是什麼瘋狂的想法？尤其是在如今這種非常時期……」

「正因爲現在是非常時期……」

丸山瞇起眼睛，露出精明微笑。

「我相信他能成爲一名非常優秀的憲兵。」

3

丸山與鶴彬第一次相遇，是在六年前……

昭和六年（西元一九三一年）五月，金澤第七聯隊召開了一場軍法會議。受審者爲陸軍步兵二等兵鶴彬，他在軍中使用的是本名喜多一二，與另一名同夥人將違法組織「日本共產青年同盟」的組織刊物《無產青年》帶進金澤第七聯隊，供同袍們傳閱。軍方依違犯《治安維持法》的罪名來審判他。

只要是涉及散播共產思想的案子，軍法會議原則上不對外公開。當時丸山以「列席判士」（註三）的身分參與那場會議，對身爲被告之一的鶴彬留下深刻印象。

鶴彬當時二十二歲，膚色一樣白晳，體型瘦削，五官端正。在被告席上等待開庭的期間，到他開口說話爲止，他給人的印象就是一個文靜沉默的青年。但當進入訊問被告的階段時，他的態度截然不同。

面對擔任審判長的砲兵中校親口訊問，鶴彬坦坦蕩蕩抒發己見，絲毫沒有畏懼。例如當審判長問他「對日本共產黨有何看法」時，他給了毫不避諱的答案。

——對於日本共產黨的思想綱領，我大致上是認同的。

譯註一：「赤色分子」原文作「アカ」，指共產思想的支持者或推廣者。據說是因爲共產黨的黨旗爲紅色，即日文中的赤色。

譯註二：「赤化」指認同或散播共產思想。

譯註三：「判士」是日本舊制軍法會議中負責審案的法官。

審判長接著詢問「大致上是什麼意思」，他回答得落落大方。

——在如今共產黨打出的口號中，針對廢除君主制度這個部分，考量我國的國情，我實在無法認同。我國即便將來改爲採行共產主義，我認爲也應該像現在的英國一樣，維持君主制度。

審判長接著問：「你將《無產青年》帶進軍隊中，是因爲你支持日本共產黨，想要設法擴大其勢力嗎？」

——共產黨的政治勢力是否擴大，我一點也不感興趣。我只是覺得《無產青年》裡頭的文章讀起來很有意思，推薦同袍們閱讀。

鶴彬說東京腔，一字一句鏗鏘有力。他的臉上沒有悔改之色，反而表現出一副「不認爲自己有什麼錯」的態度。說到一半，他還丟下一句「我說得有點累，請讓我稍微休息」，接著擅自沉默好一會，態度從容自在。

相較之下，接受審判的另一名被告則是嚇得有如驚弓之鳥，毫無血色，說話結結巴巴。不僅立刻認罪，而且表現出深刻反省的態度。這名被告的樣子，才是正常的狀態。鶴彬的言行舉止太過反常，超乎庭上眾人的想像。在鶴彬說話的過程中，法庭上甚至一度傳出笑聲。

不管是失笑也好，苦笑也罷，丸山從不曾在軍法會議上聽見笑聲。那不僅是第一次，同時是最後一次。

這傢伙到底是什麼樣的人物？

丸山對鶴彬這個人產生興趣，因此在審判中，自行在聯隊內到處打聽關於鶴彬的傳聞。面對憲兵的提問，任何一名軍人都會反射性回應。然而這些軍人們在聽到鶴彬的名字時，臉上都會露出有些困擾，又有些忍俊不禁的複雜表情。當他們在描述鶴彬這個人的奇妙言行時，都會說上一句「請不要讓別人知道這件事是我說的」。

例如發生在前一年三月的「我有問題事件」。

三月十日是陸軍紀念日，當天聯隊長對著全隊宣讀《軍人敕諭》（註）時，隊伍中突然有人大喊一聲：「聯隊長，我有問題！」還擅自從隊伍中走出來。那個人正是兩個月前才剛入伍的新兵喜多一二。一個剛入伍的二等兵，竟敢直接朝聯隊長喊話，這可是前所未聞，在場所有長官都嚇傻了。更何況當時聯隊長正在宣讀敕諭，鶴彬的行爲也是對天皇的大不敬，因此他立刻被拖走，關了十天禁閉。

還有一起「拒絕暴力同盟事件」。據說在前面事件發生後不久，聯隊長收到一

譯註一：《軍人敕諭》是十九世紀末期由明治天皇親自向軍隊發出的敕諭，內容大致上是要求軍人盡忠報國。

封申訴書，內容大致是「二年兵（註一）之中，常有人無故對新兵使用暴力，請妥善處理」。文末署名的申訴人爲「拒絕暴力同盟　代表人」，後面還光明正大地寫上鶴彬本名。聯隊長收到申訴書，以監督不周爲由，撤換鶴彬上頭的直屬中隊長。

除此之外，似乎還發生幾件聯隊內部不願傳揚的事件，鶴彬所隸屬中隊的中隊長總共遭撤換三次。

這些事件全發生在鶴彬入伍後的半年多內。

不久，就發生了前述的赤化事件。

丸山探聽這些關於鶴彬的傳聞，內心的驚訝難以言喻。

一般而言，受徵召入伍的非職業軍人，都對當兵這件事畏如蛇蠍。在軍隊裡，長官對部屬摑掌、拳打腳踢是常態。光是領章上的星星數不同，下位者就必須對上位者絕對服從，就算遭到毆打也不能有所怨言。這就是軍中文化。因此「地方人」經常將入伍當兵形容爲「進地獄」。

身爲陸軍士官學校畢業生的丸山，內心從不曾質疑過「長官毆打部屬」的正當性。更何況是在聯隊長宣讀《軍人敕諭》時大聲提問，對丸山來說更是天方夜譚。

因此鶴彬的種種行徑，在丸山的眼裡只能以不可思議來形容。

軍法會議最後判處鶴彬有期徒刑兩年，不附帶緩刑。判決書上並沒有寫出具體違法事由，只依照鶴彬過去一些言行，便作出「有罪」判決。相較之下，同案另一名被告得到的判決是「有期徒刑一年，附帶緩刑」，由此可看出鶴彬的刑度很重。

軍法會議的判決，往往帶有相當程度的人事懲處成分。鶴彬被判得這麼重，應該是聯隊的高階軍官大多不喜歡他。

軍方依據審判結果，將鶴彬關進位於大阪的陸軍衛戍監獄（註二）。

丸山第二次看見鶴彬，是在半年後。丸山爲了執行另一件完全不相關的視察任務，造訪衛戍監獄。

丸山偶然想起鶴彬，特地向監獄守衛詢問狀況。

當初鶴彬在金澤第七聯隊裡，雖然是長官眼中的燙手山芋，但不知爲什麼，與他接觸過的人對他的評價都不錯。不僅階級相同的同袍們很喜歡他，就連聯隊內的

譯註一：在舊日本帝國軍隊的制度中，「二年兵」指的是入伍第二年的士兵。
譯註二：「衛戍監獄」指的是陸軍衛戍地（駐紮地）內部的監獄。

非領導職軍官，在提到鶴彬這個人的時候，也會一邊竊笑，一邊說「那傢伙眞的很有趣」。當然他們接著馬上就想到，眼前這個私下來訪的丸山是憲兵。他們會立刻裝模作樣輕咳一聲，補一句「身爲軍人，那樣絕對不行的」。

因爲這樣的前例，丸山原本以爲鶴彬在監獄裡應該混得不錯。向監獄守衛詢問時，丸山只是好奇鶴彬的現況，並不特別爲他擔心。沒想到守衛一聽到這個問題，臉色瞬間僵硬。

「請問憲兵長官，您跟這個囚犯的關係是……？」

守衛偷偷觀察丸山的臉色，問得小心翼翼。「我只是列席了他的審判，跟他沒有瓜葛。」丸山說道。守衛一聽才鬆口氣。丸山見情況不對勁，一改輕鬆口吻，嚴肅說道：「帶我去見他。」

守衛愁眉苦臉地帶著丸山走進關押鶴彬的牢房。

丸山一看鶴彬，不由得倒抽了一口涼氣。

躺在牢裡的鶴彬，身上裹了條毛毯，簡直像隻蓑蛾，全身直打著哆嗦。監獄內的制式毛毯非常薄，鶴彬以毛毯包住全身，丸山只能從縫隙隱約看到他的臉。只見鶴彬毫無血色，嘴唇泛紫，眼神茫然，神智不清。

「這是怎麼回事？他怎麼變成這樣？」

丸山低聲詢問守衛。此時守衛的表情，簡直像幹壞事被抓到了。

「他剛剛才洗完澡……我想再過一會，他就會恢復正常了。」

守衛說話時，視線完全不敢與丸山對上。

丸山瞇起雙眼，默默盯著守衛，一句話也沒說。守衛嚇得像烏龜一樣縮起了脖子，趕緊主動說明原委。

事情發生在三個月前。某陸軍中校前來視察監獄，當時他把所有的囚犯聚集在一起，進行一場訓話。「你們能夠在這裡好好反省自己犯下的過錯，可是天皇陛下的恩澤，你們一定要心懷敬畏與感激。」那陸軍中校說完這番自以爲是的言論，環顧所有囚犯，問一句：「你們對獄方有什麼要求，或是希望改善什麼待遇，現在都可以提出來。」這麼問當然是場面話，不具實質意義，陸軍中校原本以爲絕對沒有囚犯敢表達意見。

沒想到有一名囚犯舉手，從人群中走了出來。

那個人正是鶴彬。他毫不理會周圍的驚愕目光，朗聲說道：

「我泡澡沒辦法泡太燙的熱水，請稍微降低浴池熱水的溫度。」

陸軍中校聽了鶴彬的要求，一句話都沒有說，直接轉身離開。據說他當時脹紅臉，鬍鬚微微顫抖，似乎認爲受到羞辱。

「既然他不想泡熱水澡，就讓他泡冷水吧。」

陸軍中校對典獄長下了這道命令，憤然離開監獄。那天後，每到洗澡時間，其他囚犯都泡熱水澡，唯獨鶴彬被迫浸泡冷水。

要他……泡冷水？

丸山看著全身裹著毛毯的鶴彬，不敢相信。

三個月前還是夏天，泡冷水沒什麼大不了。但如今已是枯葉落盡的十一月晚秋。在這麼寒冷的天候下，浸冷水是名副其實的酷刑。接下來氣溫還會愈來愈低，加上監獄裡幾乎照不到陽光，進入寒冬，冷水恐怕會變成冰水。

「再這樣搞下去，他肯定死路一條。你們真的想要殺了他？」丸山低聲問守衛。

「我們也不願意，但這是命令，我們只能照著做。如果他真的死了，我們也沒辦法……」

守衛聳聳肩，眼角餘光偷偷數了丸山領子上的星星數。在軍隊裡，除非有更高階的長官出面，否則誰也不敢違抗長官的命令。以丸山的軍階，不可能取消陸軍中校下達的命令。

換句話說，浸冷水的命令非執行不可。

丸山靈機一動，給了守衛一個建議。

在監獄裡，囚犯洗澡時進入浴池的次數及時間都有嚴格規定。囚犯們每次洗澡的時候，都有守衛站在一旁，看著時鐘計算時間。

當初會有這樣的規定，是避免囚犯長時間泡在浴池裡。因此除了「次數及時間」之外，並沒有其他細則。丸山於是建議守衛，將鶴彬原本的浸冷水時間，改成從進入澡堂到離開澡堂的時間。這麼一來，「洗澡」這件事的時間長度沒有改變，但實際浸泡在冷水裡的時間可以大幅縮短。

那守衛將雙手交叉在胸前，歪著頭思考，忽然揚起眉毛，舉起雙手輕輕一拍，以當地的大阪腔說道：「原來如此，這眞是個好點子。」畢竟守衛也不想將鶴彬活生生害死，他們只是接到長官的命令，不得不這麼做。

丸山回到了憲兵隊，便不時關心鶴彬在大阪衛戍監獄裡的狀況。

不知道是不是因爲丸山的建議，鶴彬在監獄裡順利存活。兩年後的春天，鶴彬出獄，返回原部隊繼續服兵役。同一年年底，鶴彬退伍。

4

鶴彬退伍不久前，丸山又到金澤第七聯隊看了他一次。

「當時他狀況還不錯。」

丸山將小酒瓶裡剩下的酒倒進杯裡，抬頭朝黑崎說道。

「他又變回當初那個天不怕地不怕的年輕人。不過當我和他擦身而過時，他完全沒有認出我就是當年那場軍法會議上的列席判士。」

鶴彬退伍的時候，其實又掀起一場騷動，事後傳入丸山耳裡。騷動的肇因，在於鶴彬所屬部隊的班長對鶴彬說了這麼一句無心之語：

「你在軍隊裡待了整整四年，退伍時竟然還是一顆星的二等兵，你應該覺得很丟臉吧？老實說，你如果更認眞一點服役，我本來可以想辦法幫你升階。」

班長說的時候，一臉狐假虎威。沒想到鶴彬一聽，竟然瞇起眼睛，以手指輕撫自己的下巴，喃喃說道：「這是什麼意思？我一直以爲軍人的階級，是由天皇決定的。我到退伍都只有一顆星，是因爲我對天皇幾乎沒有貢獻。沒想到……班長，你說可以想辦法幫我升階？如果是這樣，我完全無法接受。我決定帶人事官找聯隊長談判。」

鶴彬說完這句話，就像風一樣，一眨眼就走得不見蹤影。

包含班長及負責人事的下級士官在內，好幾名官兵都遭到這起騷動連累。上頭好不容易才壓下這起事件，沒有傳出去，但事後不少人都遭到調職。

丸山第一次聽到這件事的時候，忍不住輕輕笑了一聲。

長達四年的服役經驗，以及煎熬的監獄生活，甚至是那形同拷問的冷水澡，都完全沒辦法改變鶴彬的性情。可惜鶴彬退伍之後，丸山再也沒有機會聽聞他的消息。在今天前，丸山已經約四年沒有見到鶴彬。

「我看他一點也沒變才放下心中大石。他那表情還是跟當年一樣有骨氣。」

丸山賊兮兮地笑著，將空酒杯遞向對面的黑崎。

黑崎舉起自己的小酒瓶，往丸山杯中倒酒。

「聽說當初服役的時候，鶴彬很受聯隊裡的同袍敬重，大家以爲他是受過高等教育的高知識分子。」

黑崎聽丸山這麼說，錯愕地皺眉說道：

「他的學歷只到小學畢業。」

「到頭來，讀書有什麼意義？」丸山舉著酒杯訕笑：「那些在大學裡接觸共產思想的高知識分子，一旦被你們特高逮捕，馬上就苦苦求饒，寫下拋棄共產思想的聲明文。」

那種人根本不值得信任。

大學無法讓一個人眞正學會言論及思想。鶴彬的言論才是眞正有說服力。

在軍隊裡，鶴彬周圍那些沒讀過書的同袍們都很清楚這一點。所以他們才會如此尊敬鶴彬。

身為一名專門取締軍人犯罪行為的憲兵，不能只是人見人怕。受到敬重與景仰，是身為憲兵最重要的能力，可惜這沒辦法靠學習來獲得，這是與生俱來的天賦。

「你們特高是以徹底排除思想犯（註）為最大宗旨，我們憲兵隊追求的卻是整肅軍隊內部的紀律。打從一開始，我們跟你們的方針就完全不同。軍隊要做的事情，並不是排除異己，而是建立皇民思想。想要在戰爭中獲得勝利，軍隊與人民必須團結一心。因此要當一名憲兵，必須要有勇氣貫徹自己認為正確的信念。我相信鶴彬會成為一名相當優秀的憲兵。」

黑崎聽了丸山的話，啞口無言，接著搖頭道：

「就為了這種理由，你要讓一個共產思想分子當憲兵？在這種非常時期，你這種想法未免太瘋狂。」

「第一……」丸山伸出了食指。

「根據調查，鶴彬從來不曾眞正加入共產黨。當年我曾參與的那場審判，他當庭說過，他大致同意共產黨打出的口號，但對共產黨的勢力擴張完全不感興趣。如果按照他的意思，他既不具備共產主義思想，也沒有對共產黨提供任何協助。他引發的所有事件，都只是對一些大家習以爲常的軍中不成文規定表達了不同意見，他甚至不曾刻意與整個軍隊作對。」

「但是……」黑崎想要反駁，丸山揮手阻止他，自顧自地接著說道：

「第二，正如你所說的，現在是非常時期。正因爲是非常時期，我們更需要這種有非常態度的人。」

*

昭和十二年（一九三七年）七月七日深夜。

北京西南方郊外的盧溝橋附近，發生一起詳情不明的糾紛，日本與中國正式交戰。

如今還只過了一個月。

事件剛發生的時候，日本政府曾宣布「在限定區域內解決問題」、「不擴大戰場」等立場。但關東軍無視政府指示，任由戰線隨著局勢而逐漸擴張。形同在沒有進行宣戰的狀況下，兩國實質上已經全面開戰。

譯註：「思想犯」指的是犯罪者抱持國家體制所不允許的政治思想，在日本主要指的是觸犯《治安維持法》的人。

日本不斷將軍隊送入中國大陸各地的戰場，時時刻刻都有大量士兵湧入中國。

「並非只有發生戰鬥的地點才是戰場。」

丸山握著酒杯，朝黑崎說道：

「子彈飛來飛去的戰場，反而是少數的特殊區域。那些被送入戰場的士兵們，他們要在哪裡安身？如何確保水和食物的正常供給？如何維持占領地的治安？占領地並非只有軍人，還有很多婦女及孩童，軍隊如何保護他們的安全？更何況要實現穩定統治，一定要獲得當地政治家及地方政府官員的協助。爲了克服這些難題，皇軍一定要建立起紀律嚴整的形象。」

事實上遠在外地的日本軍，已逐漸開始軍紀鬆散。很多一輩子從不曾做過壞事的善良民眾，以軍人的身分到了中國，竟然都像變了個人，對當地百姓做出許多野蠻的惡行。身爲憲兵的丸山，目睹的案例多如牛毛。中國實在太大了，大到難以想像。今後隨著戰線的持續擴大，日本勢必還得將更多的軍隊送往中國大陸。這些軍人中，必定會出現一些「狂徒」。他們的瘋狂行徑，在戰場上會像傳染病一樣蔓延。他們集體犯下的惡行惡狀，可能會讓他們自己事後嚇得瑟瑟發抖。這麼一來，皇軍會失去天下人的信賴，占領敵境所需付出的成本將大幅提升，甚至會對整場戰爭的成敗造成影響。

「所以軍隊在出征時，必定有隨行的憲兵隊。憲兵隊是軍隊裡唯一的警察機關，職責在於譴責及處罰行爲偏誤的友軍，避免友軍做出過度放肆的行徑。」

因此「軍在外，攜法典」這種說法，指的正是憲兵隊。

憲兵必須挺身阻止友軍的野蠻行爲。戰場上的異常亢奮及對死亡的恐懼，往往會爲軍人帶來非日常性的解放感。當友軍士兵失去理智時，必須要有人擋在他們面前，阻止其偏誤的行徑。因此憲兵隊非常需要不怕死、有骨氣的人才。

鶴彬正有這樣的資質。

近來軍方高層已決定，在北京設置一處憲兵隊訓練所。

軍方預計將其作爲憲兵隊的外派組織，僱用當地人力。

丸山打算將鶴彬派往該地。

鶴彬從前曾與中國勞工一起參與自由勞動——當臨時工。雖說那是因爲丟了工作，爲了維持生計只好屈就，但這樣的經驗讓鶴彬能夠對中國勞工產生同理心。像他這樣的人，到了北京必定會全力取締友軍的違法惡行，並以此工作爲榮。

自從爆發戰爭，光靠現役軍人沒辦法滿足龐大的兵力需求，因此當完兩年兵的後備軍人陸續受到徵召。如今鶴彬的身分也屬於後備軍人，丸山已暗中安排妥當，不久鶴彬就會被徵召回金澤第七聯隊。丸山打算將他拔擢爲輔助憲兵（註一）。

「總之我會讓他進憲兵隊，你們特高不要再找他麻煩。我不會讓他繼續待在地方（註二）上，否則他只會毫無意義地死在你們手裡。」

黑崎思考著，低喃一句「果然這才是問題的癥結點」。接著他正眼直視丸山，一臉嚴肅問道：

「他會乖乖接受徵召嗎？」

「什麼意思？」

「現在的局勢，跟他當年第一次當兵時完全不同。那時候的入伍新兵，極少被送上戰場，因此大多數民眾受到徵召都會乖乖配合。但如今我國與中國大陸已進入全面戰爭，愈來愈多抱持共產主義或自由主義思想的人，想盡各種方法逃兵。他們會找各式各樣的藉口，有的說不想上戰場殺人，有的說中國人大多是勞動階層，並不是我們敵人……」

黑崎說到這裡，停頓半晌才開口：

「我班門弄斧了。這些事情你們憲兵隊比我清楚得多。」

丸山聽出黑崎的口氣帶有譏諷之意，冷冷哼一聲。

自從日本與中國開戰，逃避兵役的手法五花八門。有的吃瀉藥讓體重下降，有的喝下大量醬油讓心跳暫時出現問題。看穿偽裝者的手法並取締，也是憲兵隊的分內工作，不過……

鶴彬絕不會做這種卑劣的事。

假如鶴彬被軍方以士兵身分送往戰場，他就算看見了敵軍，恐怕也不會開槍。只要他認為自己是在做正確的事，即使因此遭敵軍射殺，他也不會有所顧忌。勇於挑戰眼前的困境，是鶴彬這個人的最大特徵。他敢在軍隊裡與長官唱反調，但逃兵並不像他會做的事。

丸山以筷子夾起眼前剩下的料理，抬頭瞪著黑崎。

「你剛剛一再強調鶴彬是共產思想分子，把他們說得好像妖魔鬼怪，難道你看不見現實嗎？國內的左翼勢力早就瓦解了。袴田（註三）在兩年前遭逮捕之後，日本共產黨中央委員會已徹底解體，如今國內根本不存在具威脅性的共產勢力。假如是蘇聯第三國際（註四）派來的間諜，那應該是由我們憲兵隊來抓，不關你們特高

譯註一：「輔助憲兵」為輔助正規憲兵的臨時兵種，雖然接受憲兵隊調度指揮，但不具備正規憲兵所擁有的逮捕權及調查權。

譯註二：軍隊用語，指民間。

譯註三：袴田里見（一九〇四至一九九〇年），日本大正、昭和時期的著名社會運動家，曾是日本共產黨的重要幹部。

的事。但你們特高如今依然在國內到處抓共產思想分子，搞得風聲鶴唳，在如今這種非常時期，我才覺得你們都是瘋子。」丸山舉起手中的筷子，以筷尖在整個包廂繞了一圈，接著說道：

「看看你們搞的這些東西，浪費多少公帑？」

「我記得已經向你說明過，這裡的餐飲完全沒花一毛錢。」黑崎低聲道，接著舉起手掌輕拍。

紙門輕輕開啓，老闆娘拿著新的小酒瓶進來。

丸山等老闆娘低頭走出去才說道：

「說了這麼多，我開門見山問你。你們對鶴彬窮追不捨，到底是爲什麼？」

「什麼意思？」黑崎歪著頭：「他是抱持共產思想的叛國危險分子，這是無庸置疑。前幾天，我們一名熱心協助者，才送來關於鶴彬的報告書。這位協助者也是川柳作家……」

「你不用跟我提那種下三濫的告密者，我一點興趣也沒有。」黑崎想要從公文包中取出報告書，但還沒有拿出來，已被丸山阻止。

「軍隊很多人與鶴彬想法相同。如果鶴彬回到軍隊，我必須要求他謹言愼行，確實遵守軍中紀律，但那是另外一回事。軍隊中很多人跟他一樣，想要改變現在的日本，改變這種政治家與少數富人聯手謀取財富，窮人只能遭到壓榨的現況。」

「這怎麼可能？」

「你認為不可能？嘖，人家說政府官員都是不食人間煙火之輩，果然沒有錯。你想想，軍隊裡的士兵大多是從窮苦人家徵召來的，他們的老家都是務農家庭。最近因為開戰，戰爭物資的需求大幅改善了民間的景氣，但那僅限於都市區而已，農村的百姓們依然過著窮苦日子。尤其是發生寒害的那一年，光是我知道的，就有好幾名士兵在入伍期間收到家人來信，才得知妹妹已經被父母賣掉了。還有到外地當女工的姊姊，因為口吐鮮血被送回故鄉的例子。天底下要是有人見了那慘況還無動於衷，那肯定不是人，是惡鬼。」

丸山愈說愈激動，黑崎默默聽著。半晌，黑崎放下筷子，自言自語般說道：

「看來你應該是『那些人』的支持者。」

譯註四：「第三國際」（Comintern）是一個成立於一九一九年的共產主義國際聯合組織，總部設於蘇聯莫斯科。後於一九四三年解散。

5

昭和維新——

這到底何時開始在士官學校或陸軍大學出身的軍士官間流傳，已經沒有人記得了。

剛開始的動機只是非常單純的同情。這些畢業於士官學校或陸軍大學的年輕軍士官，大多家境很好，在接受完軍士官教育後，就可以直接在軍隊內擔任幹部。說穿了，就是一群不知人間疾苦的菁英分子。

另一方面，接受徵兵檢查後入伍的新兵，大多出身於貧苦的佃農或勞工家庭。像這樣的士兵畢竟在軍隊中占絕大多數，不少年輕軍士官在與他們交談之後，才首次得知士兵們在民間經歷的窮困生活，以及他們親眼目睹的社會矛盾。年輕軍士官們心中受到的衝擊，可說是難以言喻。

直到今天，鄉下農村的大地主依然無情地向佃農們收取不合理的高額佃租。一旦遇上寒害或乾旱，農村裡遍地餓殍。人口販子到處下鄉收購年輕女孩，賣給富人當小妾，或是賣作藝妓、酌婦（註）。就算運氣不錯，進了紡織工廠當女工，也必須忍受惡劣的工作環境以及過長工時。女工大多工作數年就會罹患肺病，沒辦法繼續工作而遭解雇。一旦遭到解雇，接下來只能回故鄉等死。

許多佃農家庭因爲佃租實在太高，養不活一家人，爲了少一張嘴吃飯，家裡的男人只好到外地工作。這些男人們來到陌生大都市，有的成爲工廠勞工，有的成爲土木建築工人。不管從事什麼工作，同樣都是遭剝削的一方。由於做的都是很陌生的工作，在操作機械時可能會發生意外，但即便失去手指、四肢甚至是生命，也得不到任何補償。每天拚死拚活工作，卻只能得到勉強餓不死的微薄薪資。另一方面，地主及工廠老闆卻能夠靠著壓榨勞力，不斷累積財富。

原來軍隊外面的社會，已經腐敗到這種程度？

年輕軍士官得知這個殘酷的現實，錯愕不已。

在如今的時代，眞的還有這種彷彿發生在德川幕府時代的社會問題？

癥結點到底在哪？當這些年輕的軍士官仔細觀察整個社會，答案呼之欲出。

財閥、政客與官僚互相勾結，形成特權階級。這個極少數的特權階級（事實上這些年輕軍士官也都出身於這個階級）霸占社會上大部分的財富，導致新兵與其家人生活在水深火熱之中。他們的姊姊、妹妹可能都被賣掉了，或是被迫在隨時吐血

譯註：陪酒小姐。

的惡劣環境中工作。

政客們理應肩負起改革腐敗社會的責任，但現實中每個政客都只顧著植黨營私，與大財閥締結政治婚姻。至於那些官僚則毫無己見，只會對政客及財閥大亨逢迎拍馬。

想要改變這個社會，唯有靠我們的雙手。

一群懷抱理想的年輕軍士官，邀集社會上的右翼思想家，舉行讀書會，構思出所謂的「昭和維新」。

這其實是模仿明治維新的概念，旨在推動國家改革，實現當年沒有眞正實現的「天皇與人民緊密相連」，建立「君民一體國家」。而要讓這個偉大的理想成眞，當務之急便是「清君側」，也就是剷除當前政府的元老、重臣、政黨與財閥……

不論左翼還是右翼，都對當前的國家現況抱持強烈不滿。差別只在於改革的方式，以及改革之後想要實現的社會體制。左翼抱持的是過度理想化的進步史觀（註二），總是幻想人類終將迎來一個完美的社會。而右翼則以從來不曾存在過的古老美好時代作爲理想，以反動與排外主義爲最大的宗旨。

「如果他們能把『理想』永遠藏在心中，很多事情都會簡單得多。」

黑崎的嘴角流露出一抹冷笑。

「可惜他們在去年的二月二十六日（註二），把整個國家搞得天翻地覆。射殺了大臣，占領了帝國首都。但他們萬萬也沒想到，這樣的行徑反而惹怒了他們最敬重的天皇陛下。」

那些發動政變的軍人，最終被視為「叛軍」遭到鎮壓。

「對世事懵懵懂懂的紈褲子弟，一旦手上擁有了武器，往往就會幹下蠢事。不，應該說，這就是軍隊的本質吧。」

黑崎裝模作樣地喃喃自語，接著兩眼一瞪，直視著丸山。

「防範這種事於未然，不是你們憲兵隊的職責嗎？想法跟職責是兩碼子事，不管你們怎麼想，在立場上應該善盡你們的職責。」

丸山一臉苦澀，什麼話也沒有說。

黑崎的指責，可說是一針見血。

譯註一：「進步史觀」指的是認為人類的歷史是直線進步的觀念。懷抱這種觀念的人，認為專制、獨裁、歧視與偏見都只是舊時代的遺毒，遲早會從人類的社會中消失。

譯註二：一九三六年二月二十六日，一群年輕軍官率領部下發動政變，刺殺了數名政府高官，並成功占領部分政府機關。這起事件是日本近代史上相當重要的叛亂事件，日本人稱之為「二二六事件」或「帝都不祥事件」。

想法跟職責是兩碼子事。去年二月二十六日，由陸軍軍官在帝國首都發起的政變未遂事件，憲兵隊沒能事先阻止，確實是憲兵隊的失職。

不過包含丸山在內，在第一線執勤的憲兵隊人員其實早就察覺那些陸軍軍官的圖謀。那些企圖以軍干政的右翼運動家，向來是憲兵隊的重要監視對象。發動政變之前，有非常多準備工作，憲兵隊絕不可能被蒙在鼓裡。如此重大的危險局面，第一線人員當然早已向高層報告。

然而憲兵隊的高層長官，對來自第一線人員的報告並沒有表現出太大關心。

難道那些長官們，真的沒有意識到事態的凶險嗎？抑或……

「憲兵隊的高層長官，不僅早已察覺那群年輕陸軍軍官想幹什麼事，而且對他們的政變抱持默許態度，我說得沒錯吧？」

丸山抬頭一看，黑崎正瞇著雙眼，觀察著自己反應。

「長官的想法，不是我能臆測。」丸山搖頭說道。

「好吧……」黑崎歪著頭沉吟片刻，才低聲說道。

「我理解你們有想要改變現況的遠大抱負。發動政變的年輕軍官們的心情，我也不是不能體會。但陸軍將領畢竟是政治的門外漢，卻意圖取代政治家，掌握政治的主導權，這是否合宜，恐怕值得商榷。不管是從《憲法》來看，還是從《軍人敕諭》的觀點來看，軍人干政都是該竭力避免的狀況。」

丸山聽了黑崎的建議，一臉無奈地點了點頭。

《軍人敕諭》是明治天皇親自向陸軍及海軍下達的敕諭，這份敕諭中有著「不惑於輿論，不預於政事，專其本分，守其忠節」之語，可見得對軍人來說，干預政治是大忌。

然而自從發生二月二十六日的那起事件，陸軍開始以「現役武官制」(註)爲後盾，介入政府組閣。只要內閣不符合軍方期待，就干預使其無法順利組閣，可說是明顯違背了《軍人敕諭》的理念。

但另一方面，《軍人敕諭》也規定另一件事。

——承上官之命，即承朕命。

長官的命令，就是天皇的命令。反過來說，批評長官就是批評天皇。

就算陸軍高層將領爲了打壓政黨政治家，強奪並獨占政權，私下默許甚至利用年輕軍官政變事件，階級較低的軍人也無法針對這件事情批評長官。

譯註：「現役武官制」指的是政府閣員中的軍部大臣必須由現役軍官擔任的制度。軍方可以利用這個制度，對政府的組閣進行介入或阻撓。

奇妙的是歷經這起政變，整個社會上再也聽不見「昭和維新」的聲音。取而代之的是「舉國一致」「國家總動員」等口號。這讓人有種不舒服的感覺，彷彿有些人早已預料到事態發展，事先做好萬全準備。

「何況你們軍人如果真的想讓日本變得更好，根本不應該發動戰爭。」

黑崎的口氣懷著譏笑。丸山依然愁眉苦臉，無法反駁。

日本軍與中國的戰爭，初期在日本社會上稱作「北支事變」，後來改稱「支那（註一）事變」。日本政府以「沒有正式宣戰」爲由，不承認這是一場戰爭。

然而不管怎麼稱呼，對於那些受到日本政府徵召，被送往中國大陸加入戰鬥的士兵們而言，這就是「戰爭」。

原本作爲主要勞動人口的年輕人，大量受到兵役徵召，被送到戰場上。不少年輕人就這麼戰死異鄉，留下故鄉的老年人、婦女及孩童。不僅如此，國家必須輸送大量糧食及物資至戰區，軍備費占國家總預算的比例快速攀升。國會陸陸續續通過各種政策，都是爲了籌措更多的戰爭資金。例如在無視財政窘迫的情況下大量發行國債，以及徵收實質上等於戰爭稅的各種稅金。只要戰爭不結束，農地的佃租肯定持續攀升。換句話說，日本在大陸上的全面戰爭，勢必造成日本農村陷入更大困境。

因爲軍需景氣（註二）賺大錢的日本人，其實只有少數財閥，以及與這些財閥掛鉤的政治家。國民的生活只會愈來愈窮困，不可能愈來愈好。

到底是君民一體，還是軍民一體？年輕軍官們想要拯救士兵家庭於水深火熱之中的慈悲心腸，都跑到哪裡去了？說到底，二月二十六日的那起事件，引來日本與中國的全面戰爭，這不是與年輕軍官心中的理想與抱負背道而馳嗎？爲什麼事情會演變成這樣的結果？

「戰爭……」丸山徹底壓抑心中無法釋懷的心情，呻吟般說道：

「……是最高領導階層的決定，不是我這種人能夠置喙的事情。」

「好，既然不是我們能夠置喙的事情，那就到此打住，回到眼前問題吧。」

黑崎將酒杯放在桌上，微微歪著頭，問出一個令人意想不到的問題。

「鶴彬這個人，到底是何方神聖？」

譯註一：「支那」是日本人對中國的稱呼，與英語的「China」同樣源自「秦」字的發音，在古代經由佛教經典傳入中國。早期「支那」一詞並不帶歧視的意味，但日本政府在二十世紀初期至侵華戰爭期間，使用「支那」一詞稱呼中國時往往帶有貶意。因此在二戰結束後，「支那」一詞正式被認定爲歧視用語。

譯註二：「軍需景氣」指爲了支應戰爭上的需求，特定相關產業的經濟活動變得異常熱絡的狀況。

6

丸山聽到這個問題，整個人傻住了。

這個自稱姓黑崎的內務省官員，將鶴彬檢舉爲共產思想分子，卻對鶴彬一無所知？他們認定鶴彬是共產思想分子的依據，難道只是線民的告密？

太荒謬了。

「你誤會了。不是你想得那樣。」

黑崎輕輕舉起了手。

「我們早已將他的出身及經歷調查得一清二楚。我們掌握的消息，可能連他自己也不知道。我問鶴彬這個人是何方神聖，並不是他的來歷……」黑崎皺起眉頭，嘗試換另一套說法。「我們無法理解的，是他的行爲法則。他取了鶴彬這個筆名，自稱是川柳作家，但我們連川柳都有些摸不著頭緒。」

「原來如此。」丸山笑了出來。「川柳並不在高等文官考試的考題範圍內？」

「我對藝術的好壞，完全沒有分辨能力，因爲我根本不需要那樣的能力。」黑崎聳肩說道：「我這個工作，需要的只是掌控藝術家及文化界人士的能力。舉凡學者、詩人、和歌作家、俳句作家、小說家、評論家、畫家及音樂家，老實說，那是一群掌控起來易如反掌的人。只要隨便給一個勳章，他們就對你搖尾巴。」黑崎的口吻充滿不屑，嘴角帶著訕笑。

約三年前，當時的內務省警保局長代表政府舉辦了一場文藝懇談會。在那場懇談會上，警保局長向與會人士們保證政府將會對各文化業界提供協助，同時要求各業界全力排除不認同國家政策的創作家。在其他的文化藝術方面，警保局長也承諾在不抵觸國家政策的前提下，將會設置新種勳章來提供支持。

「但川柳不在審查範圍內。如果是俳句，我們還能掌握一些基準……」

「爲什麼問我這個問題？」丸山打斷對方。

「因爲我聽說你對川柳相當了解？」

「我對川柳相當了解？」

「一位人士告訴我，只要是川柳，可以去問丸山憲兵上尉。」

黑崎伸出食指，指著上方。不是高階軍官，就是政府的高官。

丸山不禁困惑起來。回想自己確實在執勤的閒暇之餘，曾與同事及部下們討論川柳及俳句。但稱不上這方面的專家，討論這些完全是打發時間。沒想到這件事情竟然流傳出去，如今連眼前這個內務省的官員都知道了。

眞是一大誤會。

丸山不禁搖頭苦笑。關於川柳及俳句，自己那些話都是拾人牙慧，並非眞正發自內心。

驀然間，那個膚色白皙，五官還帶了一點稚氣的年輕人，浮現在丸山的腦海。句句的人聲，彷彿迴盪在丸山耳畔。

——哥！你知道川柳跟俳句的差異嗎？

弟弟說得一臉認眞的表情，不知多久不曾出現在丸山的腦中了。丸山轉頭望向窗外，一陣涼爽的微風拂過庭院草木。

——唉，因爲你的關係，我似乎又惹上麻煩了。

丸山在心中呢喃。一股懷念之情，讓他忍不住瞇起雙眼。

丸山第一次見到弟弟眞次，是在十六歲的時候。

那天，父親難得帶丸山外出。父親沒有解釋，就帶著丸山走進深川的複雜巷道，進入一棟小小的屋子。

丸山一看，就知道那是父親小妾的住處。

丸山的父親稱住在屋裡的小妾叫「阿葛」，那是年紀頗大的女人，個性溫和沉穩，膚色雪白，溫柔賢淑。嘴角總是帶著慈和的微笑，卻又令人感受到惆悵。丸山猜想，她大概是深川一帶的藝妓，父親幫她贖了身。

當阿葛走到門外迎接父子兩人時，屋內走廊的柱子後頭躲著一名男孩，只露出半張臉。

「阿眞！不能這麼沒禮貌，快出來打招呼！」

那個白皙瘦削的孩子受了母親責罵，有點不甘願地走出來。

「我是眞次，請多關照。」

那孩子朝父親低頭鞠躬。

對於父親帶自己到小妾的住處一事，丸山並不惱怒。

當時的丸山十六歲，已經是能夠理性思考的年紀。

父親從小在東京長大，是個典型的「江戶孩子」。明治維新後，許多住在長州的武士家族搬遷到東京，父親入贅到其中一個家族內。父親有著態度高傲的妻子及整天絮絮叨叨的丈母娘，即使是兒子丸山也看得出來，父親活得很累。丸山上面還有兩個姊姊，但這兩個姊姊也像母親及外婆一樣，完全不把父親放在眼裡。

父親只有在深川的「阿葛」家裡，才會露出悠閒自在的表情。

丸山第一次隨父親造訪阿葛家的時候，心裡很緊張，不知道該表現出什麼樣的態度。但丸山很快就適應了這個家。父親帶丸山去過幾次之後，他就開始會一個人登門拜訪，吃阿葛親手煮的菜餚。

父親與阿葛在一起多少年，丸山並不清楚，只知道眞次已經十歲了。但眞次並不見得一定是父親與阿葛生的孩子，或許在兩人認識之前，阿葛就已經有了孩子。丸山從來不曾詢問父親這些事情。眞次有著和母親如出一轍的白皙皮膚，相貌眉清目秀，和內心溫柔但外表粗獷的父親完全不像。丸山暗自懷疑，眞次是阿葛與某個學生在一起時生下的孩子。因爲在深川的阿葛家中，蒐藏著許多文學類的書籍及外文書，怎麼看都不像是阿葛會閱讀的書籍。丸山猜想，多半是阿葛在深川當藝妓的時候，與某個學生相戀，生下眞次。但那個學生始亂終棄，竟然逃走了。就在阿葛走投無路的時候，父親收留了她。

剛開始眞次顯得畏畏縮縮，但馬上就跟丸山混熟了，一天到晚喊著「哥」，跟在丸山的身後。丸山原本沒有兄弟，眞次成了唯一的「弟弟」。兩人很合得來，感情愈來愈好。兩人相差六歲，以兄弟而言或許是最佳的年齡差距。

當時丸山剛進入陸軍士官學校就讀。那個時期丸山每次放假最開心的事情，就是能夠見到眞次。最初丸山只是跟著父親前往阿葛家。但熟了之後，丸山開始與眞次私下約在鎭上見面。放假的日子比起待在枯燥乏味的家裡，聽母親、外婆及姊姊們發牢騷，不如找眞次閒聊快樂得多。

在丸山的眼裡，眞次是個非常聰明的少年。有一次，眞次背誦出了好幾首當時最流行的新體詩，讓丸山大吃一驚。在丸山的家裡，根本沒有人對詩詞、和歌之類的文學作品感興趣。兩個姊姊與母親、外婆基本上很少聊到書，唯一會提及的，大概只有《論語》，而且是非常死板的教條解釋。丸山聽眞次描述新體詩之美，將眞次大大讚美了一番，要他多講一些。

眞次獲得丸山讚美，開心得不得了，後來每次和丸山見面之前，他都會刻意背下一些新式的詩歌，例如流行的新體詩或法國翻譯詩，在丸山的面前朗讀出來。過了一陣子，眞次的興趣轉移到了短歌（註一）上，尤其喜愛石川啄木（註二）的作品。「哥！啄木眞的是天才！」眞次介紹了好幾首啄木的短歌給丸山，同時對啄木讚譽有加。丸山見眞次說得口沫橫飛，眼中閃爍著興奮神采，內心深深以「弟弟」爲榮。「我在士官學校裡認識的那些同學，文學造詣也沒你深。」丸山如此讚美。

譯註一：「短歌」原本只是「和歌」的一種，但相對於「短歌」的「長歌」或「旋頭歌」在歷史上逐漸式微，因此近代的「短歌」基本上已經與「和歌」畫上等號。「短歌」的形式爲五、七、五、七、七共三十一音，比俳句或川柳多了兩小段。

譯註二：石川啄木（一八八六到一九一二年）爲日本近代的和歌作家、小說家及文學評論家。

丸山知道眞次在日常中吃的苦，肯定遠超越想像。

有一天，兩人約在咖啡廳見面，丸山發現眞次的臉上有好幾處瘀青。左邊的眼皮變成了紫色，拳頭包著繃帶。丸山詢問理由，眞次露出賊兮兮的笑容，得意洋洋地說了他昨天與三個年紀比自己大的少年幹了一架。「那些傢伙笑我是小妾生的孩子，我嚥不下這口氣。」眞次說完這句話，馬上就像之前一樣，開始大談他的文學理論。丸山聽得啞口無言，半晌問一句：「你眞的沒事嗎？」眞次一聽反而愣了一下，似乎不明白丸山的意思。

就從那時開始，眞次的走路方式出現一些變化。他走路時會把雙手插在口袋裡，聳起肩膀，整個人好像頂著強風前進。或許正是因爲這種走路方式，使得他經常和住在附近的年長孩子發生衝突。有一次，丸山偶然在街上目擊眞次跟人打架。當時眞次的年紀約十三、四歲，被一大群少年圍在中間。眞次對所有少年都不瞧一眼，直接朝最強壯的對手衝了過去，兩三下就將對方撂倒在地。如此高明的打架技巧，丸山看得目瞪口呆。眞次彷彿天不怕地不怕，對手不管是誰都不放在眼裡，因此住家附近的不良少年們聽說都敬他三分。

丸山爲眞次的將來感到擔憂，好幾次勸父親好好幫眞次想個出路，父親每次都點頭同意，到頭來什麼也沒做。

在那段期間，眞次開始對川柳產生了興趣。

「川柳只用十七個字，是世界上最短的藝術詩。」

那一天，丸山難得與眞次見上一面，眞次愈說愈興奮，炯炯有神。

在丸山的面前，眞次永遠是愛好文學的聰穎少年。丸山自己也希望讓眞次有發揮長才的機會，因此每次兩人約在咖啡廳見面，聊的大多都是文學話題。

「你說五、七、五，共十七個字？那不是俳句嗎？」丸山問道。「哥，你眞的是什麼也不懂。」眞次哭笑不得。每次聊到文學的話題，弟弟眞次就成了丸山的老師。眞次一再向丸山強調，俳句與川柳是完全不同的創作型態。

「最大差別在於，俳句的主題是自然景物，川柳的主題是社會百態。」

丸山聽了眞次的解釋，還是歪著腦袋，一頭霧水。眞次也急了，接著解釋：

「打個比方，俳句就像照片，川柳就像Punch畫。」

所謂的Punch畫，指的是從前刊載在英國雜誌《Punch》上的諷刺漫畫。近年來在日本的報紙及雜誌上也出現許多這樣的漫畫作品。

「你的意思是說，你想畫Punch畫？」丸山聽得傻眼。過去眞次熱中的新體詩、短歌，或是被他形容成「照片」的俳句，丸山都還可以理解。但眞次爲什麼會對川柳及Punch畫感興趣，就讓丸山摸不著頭緒了。Punch畫跟川柳是藝術嗎？

「不管是川柳，還是Punch畫，特點都在於融入眼前的現實，迅速掌握其本質，可說是最適合讓作者描繪出問題癥結點的創作形式。有很多社會矛盾及眞相，沒辦法以照片或俳句的形式呈現，但透過諷刺手法，能夠赤裸裸地將其展現在世人面前。川柳的詞句簡短、犀利、有趣且淺顯易懂。要判斷一樣事物是不是藝術，最簡單的方法，就是看它有不有趣。

「日本這個國家自古以來的觀念，總是認爲藝術與社會井水不犯河水。古人認爲只有遠離市井，才能創造出藝術。但川柳與Punch畫就像一把鑽子，鑽破這種傳統觀念。諷刺手法的精妙之處，就在它能夠精準地貫穿我們的社會，改變我們眼中看見的現實。就這層意義而言，我認爲川柳與Punch畫是最高級的民眾藝術。」

眞次說得頭頭是道，丸山卻覺得說不上來的不對勁。眞次說出的論調，與他過去提過的藝術理論有點不太一樣。而且那種彷彿要投入全部靈魂的態度，也讓丸山心裡發毛，簡直像爲了藝術可以連命都不要。

又過一段日子，丸山從士官學校畢業，進入軍隊服役。接下來很長時間，丸山沒有與阿葛及眞次聯絡。雖然有時想起他們，想知道他們過得好不好，但由於剛到新環境，適應環境就讓他耗盡精力。何況丸山總不能寫信回家問阿葛及眞次的近況，而眞次也從不曾寫信給丸山，不知道是不是遭阿葛阻止。

丸山從士官學校畢業的第二年，父親到上海出差時遭遇意外事故身亡。丸山趕緊向長官請假，到上海接回父親的遺體。匆匆辦完喪禮，丸山想起阿葛與眞次，決定趁這個機會到他們家看一看。

沒想到那屋子空無一人，已有一陣子無人居住。

丸山愈看愈不對勁，一向街坊鄰居打聽，立刻得知眞相。原來父親一過世，母親與外婆立刻到阿葛家攤牌，要求她滾出東京，別留著丟人現眼。阿葛想要參加父親的喪禮，當然是遭母親與外婆厲聲拒絕。兩個女人尖銳的聲音，聽說在外面的路上也聽得一清二楚。丸山不禁暗暗叫苦。這確實很像母親及外婆會做的事，難怪阿葛與眞次都沒有出現在父親的喪禮上。

以眞次的性格，怎麼嚥得下這口氣？

丸山猜想，多半是阿葛早已猜到情況，再三告誡眞次不可鬧事。

丸山就這麼與阿葛、眞次失聯了。

後來丸山有一些想法，決定報名憲兵訓練所。

數年後。

丸山在銀座的人群中，發現有名年輕人的走路方式十分眼熟。心念一動追上去，朝著年輕人喊了一聲。

年輕人轉過頭來，滿臉警戒。果然是眞次。

眞次立刻認出丸山，表情從警戒轉爲驚愕。

「哥……」

眞次驚訝得說不出話，丸山搭著他的肩膀，將他帶進附近一家小餐廳。

兩人喝了些酒，吃了些菜餚，丸山問起近況，眞次有一句沒一句地說出來。

原來當年丸山的母親及外婆拿了一點錢給阿葛，將母子兩人趕出東京。阿葛帶著眞次搬到名古屋，投靠遠房親戚。阿葛在那裡重操舊業，當起藝妓，卻沒辦法適應當地風土民情，吃了不少苦，最後因肺病過世。

「你也知道我媽的個性，她從來沒發一句牢騷，但我那些親戚……」

眞次說到這裡，緊咬著嘴唇，輕輕搖了搖頭，沒再說下去。

丸山聽了，胸口隱隱作痛。父親剛過世時，自己應該要想辦法幫他們母子。

「你最近在做什麼？」

丸山又問。眞次再度搖頭，移開視線。

「哥，我不想給你添麻煩……你還是別知道的好。」

眞次含糊帶過。丸山再三追問，得知眞次似乎參與一些違法的勞工運動。

「總而言之，有什麼需要幫忙的，隨時打給我。」丸山掏出名片，硬塞到眞次的手裡。眞次起初有些猶豫，但後來從口袋掏出一個胭脂色的皮套筆記本，小心翼翼地將名片夾在裡頭。

「哥，今天再見到你，我眞的很開心，再見了。」

兩人走出店外，眞次簡短道別，轉身離去。那聳起肩膀，彷彿頂著風前進的背影完全沒有改變。丸山站在原地，望著眞次快步離去，直到背影消失爲止。眞次到最後都沒有回頭。

去年夏天，丸山得知一件古怪的事。

一具年輕女人的屍體，漂浮在隅田川的川面上。根據調查，這女人罹患肺病，對將來感到絕望，跳河自殺了。

女人跳河自殺，當然不稀奇。隅田川旁的玉井是著名的私娼區，三天兩頭就會有女人結束生命。警方將這件事通報丸山，是因爲他們在過世女人的房間發現一本胭脂色的皮套筆記本，裡頭夾著一張丸山的名片。憲兵的名片，不是一般人可以輕易拿到手的物品。

保險起見，丸山參加了那具女屍的驗屍程序。基於職業需要，丸山只要見過一個人，就幾乎不會忘記其相貌。但那個膚色白皙、容貌姣好的女人，丸山相當陌生，不曾見過。

然而警方在房裡發現的那本筆記本，就另當別論了。丸山肯定那是眞次之物。丸山將筆記本拿在手裡仔細端詳，發現裡頭除了自己的名片，還夾著一張照片。照片裡有兩個人，分別是那女人與眞次，兩人臉上都帶著幸福的笑容。

丸山將照片翻到背面一看，不由得倒抽一口涼氣。照片的背面寫著一個多月前的日期，以及眞次的名字，下面寫著「得年二十九歲」，全是女人的字跡。

眞次在一個多月前過世了。丸山與眞次在戶籍上沒有親屬關係，因此丸山沒有接到通知也是理所當然。但自己對眞次的死訊一無所知，還是讓丸山受了很大的打擊。那個投河自盡的女人，應該是眞次過世前最親近的人，很可能是他的女朋友。眞次的過世，應該是那女人自殺的原因之一。

丸山拿著筆記本陷入沉思，直到負責員警喊了丸山一聲，丸山才回過神。員警詢問丸山與女人的關係，丸山回答：「我不認識這個女人，不過照片中這個男人是我小時候的朋友。」丸山想了一下，又說道：「好好安葬這個女人，費用全由我出。」說完之後，丸山離開現場。丸山願意支付女人的喪葬費用，是因爲剛開始員警就向丸山提及，女人原本在當女工，後來因爲罹患肺病遭開除，無奈當起了酌婦。員警聯絡女人的老家，家人們卻說這女人的事情都與他們無關。丸山得知無人肯安葬女人，一肩扛起這個責任。當時丸山的身分已是憲兵上尉，因此沒有人敢多問。

丸山帶走從女人房間找到的那本筆記本。

翻開第一頁便看見一排排的字，字跡全往右上偏。丸山依稀記得，那是眞次的筆跡。

死者家屬嘆，忠魂碑要來何用，三文也不値。
職工何低賤，數不清呼來喚去，不把當人看。
悲哀莫過此，天下詩人何其多，皆諂諛之輩。
傴僂蹣跚步，雙拳緊握當風行，渾然不知退。

丸山一讀，不禁大爲讚賞。一句句寫得鏗鏘有力，氣勢十足。這就是川柳吧？原本丸山以爲這幾首川柳都是眞次創作的，但想想自己認識的眞次，總覺得不太像他的表達方式。怎麼說呢……這幾首川柳跟眞次給人的感覺比起來，有點老成，還有點粗枝大葉。

丸山於是派屬下稍微調查一下，才得知這幾首川柳都是一個叫井上劍花坊的人寫的，這個人在東京辦了一本川柳雜誌。

眞次的筆記本，讓丸山愈看愈驚訝，因爲內容都是川柳。並沒有寫明每一首川柳的作者是誰，但丸山花了些時間細讀，發現好幾首都很有意思。短短十七個字，彷彿可以看見作者的表情及神韻。例如：

針氈難安坐，起身左右上下挪，前後都是我。

淺黃色天空，滿城皆聞勞動聲，亦是五朔祭。

勞動遊行日，滿腔激情向天歌，不餘半點力。

這三首在筆記本內並列，隱隱感覺到一種女性的陰柔氣質。派人一查，果然是井上劍花坊的妻子信子的作品。

丸山愈讀愈有趣，決定好好坐在書桌前，找出符合眞次風格的句子。

最後丸山找出了幾首。光讀這幾首川柳，腦海就能浮現眞次的臉孔。

似爾三角形，尖尖角角全是力，天下誰敢欺。

五十世紀中，殺人公司殺人日，命喪黃泉下。

區區三兩銀，賣人賣身賣主義，一件又一件。
熠熠大鑽石，遙想非洲同志們，愈挖人愈窮。

這幾首川柳的一字一句，都讓丸山回想起當年眞次在咖啡廳裡針對文學及社會高談闊論時，那一雙眼珠炯炯有神的表情。那聰明、好勝心強，卻又帶點稚氣的臉孔，清晰地浮現在心頭。又例如以下這幾句：

佳人聚玉井，昔日是模範女工，今日一場空。
故鄉鬧飢荒，年年大荒歲歲飢，一年復一年。

讀到這幾首時，彷彿看見眞次目睹玉井酌婦的悲慘命運，咬唇強忍悲愴的畫面。深入調查，丸山得知眞次參加違法勞工運動，遭特高逮捕，拘留期間生了重病，送到醫院的不久就過世了。早在當初最後一次見面時，兩人臨別之際，丸山便已擔心會有這麼一天。寫在筆記本內的那些川柳，沒想到丸山一看調查結果，才得知那幾首自己以爲是由眞次所作的川柳，其實都是「鶴彬」的作品。

一時之間，丸山傻住了，無法理解狀況。剛開始丸山還懷疑「鶴彬」是眞次創作川柳時使用的「柳名」——川柳作家的筆名。

但是深入一查，鶴彬的本名是喜多一二。

喜多一二？

丸山總覺得名字相當耳熟。歪著頭想了一會，終於想起來了。

五年前，在金澤第七聯隊鬧出赤化事件的那個新兵，確實就叫喜多一二。那新兵歷經軍法會議的審判，被關進大阪衛戍監獄。出獄之後，喜多一二返回原部隊繼續服役。聽說在退伍前夕，又鬧出一連串事情。

丸山想到這裡，不禁苦笑。

仔細想想，喜多一二確實與眞次頗有相似之處。如果說引發那些騷動的人物是眞次，丸山也不會意外。或許正因爲如此，丸山的心裡才會一直牽掛著喜多一二這個人。當初在大阪衛戍監獄裡，喜多一二惹怒了陸軍中校，差點因爲浸冷水澡送命。丸山最後伸出援手，也是內心深處隱約覺得他與眞次有點像。

兩個人既然性情相近，寫出來的川柳當然也就神似。

丸山將眞次的筆記本放進抽屜裡，心裡想著但願還有機會和那個鶴彬再見上一面。

又過一陣子，丸山得知上頭決定在北京新設一處憲兵隊訓練所。丸山首先想到的第一人選，就是鶴彬。

按照鶴彬的個性，他一定全力以赴，以身爲憲兵爲榮，而且不會毫無意義地欺壓當地百姓。

問題在於，現在的他是否還是當年的他。

最後一次見到鶴彬，已經將近四年前。這麼長的時間要改變一個人，已經綽綽有餘。

丸山於是派屬下到處查探鶴彬的下落。

沒想到這件事遠比丸山原本想的還要困難。鶴彬從金澤第七聯隊退伍之後，確實回到其出身地，石川縣河北郡高松町。但或許是因爲入伍期間曾遭軍法會議判刑，而且入伍四年竟然還是以一顆星（二等兵）退伍，這些事情引起了街坊鄰居的流言蜚語。加上身旁隨時有特高的刑警在監視著，令鶴彬感到不厭其煩，他竟然偷偷離開了故鄉，消聲匿跡，沒有人知道其下落。據說他隱姓埋名，使用各種方式易容打扮，因此要查出他的行蹤並不容易。

不過丸山手上倒不是完全沒有線索。

最重要的線索，就是他持續以「鶴彬」這個名字發表川柳。

經過追查，丸山得知鶴彬從故鄉輾轉來到東京，協助井上信子出版《川柳人》雜誌。這本雜誌是由鶴彬的昔日恩人，也是井上信子的丈夫井上劍花坊所創設。劍花坊去世後，信子繼承了雜誌的編纂工作。

丸山得知這個消息，還是四、五天前的事。

《川柳人》的發行處，是東京中野區大和町柳樽寺川柳會。一旦被鶴彬察覺有憲兵在監視他，他可能又會躲起來。因此丸山才會刻意打扮成「地方人」——民間人士的模樣，向住在附近的人打聽消息。到今天，丸山才確定鶴彬經常出入那一帶，並且親眼見到了他本人。

鶴彬故意戴著黑框的大眼鏡，微微駝著背，丸山最初沒認出來。但當鶴彬轉頭時，丸山一見他的側臉就確定他是鶴彬。

——他一點也沒變。

該不該上前搭話，丸山正猶豫不決時，姓黑崎的內務省官員忽然出現在眼前，丸山只好中斷今天的任務……

「你不覺得這很可笑嗎？」

丸山露出譏諷的笑容，高高仰起了頭，視線越過自己的鼻梁看著黑崎。

「特高跟蹤及監視鶴彬，是因爲認爲他創作的川柳隱藏共產思想。但負責統率特高的內務省官員，卻連川柳是什麼也搞不清楚。這種狗屁不通的事情，大概只會發生在政府官員身上。」

「既然有熱心協助者提供線報，我們不能置之不理，這就是我們的工作。」

「我很清楚你們這種人。盯上的獵物和到嘴的肥肉，你們是絕對不會放的。」

「總而言之，國內的思想犯交給我們來處理就行了，不勞你費心。」黑崎以低沉的聲音說道：「多頭馬車，莫衷一是。在這種非常時期，我建議憲兵隊專心取締爲非作歹的軍人就行了。最近第一線的同仁總是抱怨，憲兵經常與他們產生摩擦，對任務執行造成阻礙。今天我想與你當面一談，一部分也是爲了這件事。」

丸山哼了一聲，不把對方放在眼裡。

「還有呢？」

「還有？什麼意思？」

「你剛剛說『一部分』，那另一部分呢？」

「噢，你說那個。」黑崎舉起自己的酒杯，低著頭說道：

「那已經不用再提了，請不必放在心上。」

黑崎說完，自顧自吃起剩下的菜餚。

丸山聳聳肩，模仿剛剛黑崎的動作，輕輕拍了拍手。

老闆娘拉開紙拉門，走了進來。

丸山緩緩起身，拿出自己的錢包，扔在老闆娘面前。錢包落在榻榻米上，發出砰一聲響，感覺異常沉重。其實裡頭都是零錢，金額並不多。

老闆娘抬頭看著黑崎，不知所措。

「妳放心，這不是餐費，是給妳的小費。」

黑崎聽了丸山的話，朝老闆娘點點頭，什麼話也沒說，臉上帶著「憲兵就是這麼麻煩」的表情。

丸山不再理會黑崎與老闆娘，走出包廂，來到走廊上。這時，背後傳來呼喚聲。

「丸山憲兵上尉。」

丸山轉頭一瞧，黑崎依然低頭望著自己的杯子，接著說道：

「你弟弟的事情，我很遺憾。如果我沒記錯的話，他叫眞次，是嗎？」

丸山忍不住咂了個嘴。看來黑崎這傢伙已經把自己的底細查得一清二楚，還故意把眞次的事當作最後王牌，這正是特高最拿手的威脅手段。

「我想再過一陣子，你也會明白。」黑崎譏諷地說道：「你們憲兵遲早會走到我們這個地步。我們其實走在同一條路上，只是前後的差別。」黑崎說出若有深意的話，抬起視線，朱紅色的雙唇流露一抹笑意。

丸山瞇起眼睛，惡狠狠地瞥他一眼，接著迅速轉身離開。

走在餐廳裡的昏暗走廊上，丸山感到一股惡意的視線緊貼著背。

7

隔天起，丸山就一直忙得焦頭爛額。

「二二六事件」的軍法會議還在進行。丸山受命負責製作憲兵調查報告，不僅每天得與東京軍法會議檢察部及陸軍省法務官開會，還得調閱政治家的國會答辯書，根本沒辦法分神處理鶴彬的事。

這段期間，憲兵隊本部收到大量來自上海及滿洲的報告書。裡頭寫滿日本皇軍士兵在大陸上的惡行惡狀。

自從七月七日爆發事變，士兵突然就像脫韁野馬。他們大多在故鄉是善良的年輕人，在家庭中是慈和的父親，但自從受到徵召，以皇軍士兵的身分到達大陸之後，簡直就像變了個人一樣，做出各種豬狗不如的骯髒行徑，這實在匪夷所思。收賄、搶劫、強姦、放火、殺人……在這些報告書中，幾乎可以找到世上所有犯罪行爲。士兵一旦行徑太過囂張，就會被從軍憲兵逮捕，在當地遭受軍法會議審判。能夠以關禁閉解決的，都還算是小事，許多違法亂紀的士兵最後落得槍決的下場。當然在這種情況下遭到槍決，軍方還是會以「光榮戰死」等名義通知其住在日本內地的家屬。

丸山每天爲了審判的相關業務東奔西走，不時瞥見那些從中國大陸送過來的報告書，內心便深深感覺到，北京憲兵隊訓練所的設置已刻不容緩。一支優秀的憲兵隊，不僅能夠匡正友軍在外地的紀律，維持占領地的治安，甚至還足以左右戰場上的氛圍。

每當丸山的心中產生這樣的想法，心頭就會浮現那張膚色白皙、五官端正的年輕臉孔。那些在戰場上做出可恥的違法行徑的士兵，大多是被鶴彬視爲同志的農民或勞工。丸山實在很想看一看，當鶴彬親眼目睹那些人在戰場上的獸行時，會是什麼反應。鶴彬曾經在陸軍紀念日的閱兵典禮上，大喊一聲「聯隊長，我有問題」，結果被關了禁閉。曾經鬧出赤化事件，被送進大阪衛戍監獄。在監獄裡的時候，曾經被迫浸冷水，差點丟掉性命。返回原部隊的時候，又因爲向長官表達不滿，到退伍都還是一顆星二等兵的身分。像這樣的人，在目睹戰場上的狀況時，會寫出什麼樣的川柳？不，或者應該說，他眞的有辦法將戰場上的殘酷現實寫進川柳裡嗎？如果可以的話，丸山很想親眼見證這些問題的答案。

哥，你怎麼還是老樣子，一點也不懂？

丸山彷彿聽見眞次的聲音迴盪在耳畔。但不管丸山再怎麼專心聆聽，那聲音就是不肯解答丸山的疑惑。

九月二十五日的公審，原本被視爲二二六事件主謀者之一的眞崎陸軍大將，獲判無罪。這完全是一場以整肅軍隊爲目的的政治性審判。丸山雖然不認同這樣的判決，但畢竟是高層的決定，以丸山的階級根本沒有辦法提出異議。

二二六事件的軍法會議，終於告一段落。

丸山不必再處理那些繁雜的事務性工作，立刻動身前往金澤。

根據丸山收到的消息，鶴彬再次受到動員徵召，已於九月十四日返回金澤第七聯隊。明明是第二次徵召，卻是以二等兵的身分接受訓練，像這樣的士兵肯定很罕見。丸山心想，他一定又把聯隊搞得雞飛狗跳，成了長官們眼中的問題人物吧。一想到那畫面，丸山不由得竊笑。抵達金澤第七聯隊時，聯隊正在進行新兵檢閱，丸山參加了這場檢閱。

絕大部分的新兵都是剛受到徵召，還帶著稚氣。有些滿臉青春痘，有些就像個孩子。即使穿上了軍服，也沒一個軍人樣。由於日本與中國大陸已經全面開戰，這些新兵經過短暫訓練，就會被送上槍林彈雨的戰場。

丸山與其他長官站在一起，觀看聯隊點收新兵。不久，丸山詫異地皺眉。

新兵之中，竟然沒有鶴彬。
這是怎麼回事？
丸山頓時有股不好的預感。
檢閱儀式還沒有結束，丸山就離開會場，前往聯隊內的事務局。
「應該在九月十四日入營的新兵鶴彬……不，喜多一二，怎麼沒來？」
人事官聽了，翻開新兵名冊，指著上頭的名字，若無其事地說道：
「上頭吩咐讓他『即刻歸鄉』。」
即刻歸鄉？
丸山瞠目結舌。
「理由是什麼？」
「唔……」人事官一臉困惑地歪著頭說道：「這是上頭指示，我不清楚。」
丸山氣得咬牙切齒。
一定是那個姓黑崎的內務省官員在背後搞的鬼。
——那傢伙到底使用了什麼手段……
既然鶴彬已不在軍中，繼續待在這裡也沒有意義。
丸山動身返回東京。

回到憲兵隊本部，丸山馬上與長官交涉。一個內務省的官員，竟然插手干預憲兵隊的人事決策，太可惡了。丸山說什麼也要將鶴彬重新拉回軍中。

但長官並沒有站在丸山這一邊。

「內務省傳來這麼一份文件……好像是熱心民眾提出的告發狀。」

長官從文件盒內取出一枚信封，放在桌子上，推到丸山面前。

丸山拿起信封，抽出裡頭那封所謂的「告發狀」，讀起了內文。

內文先以極度卑微的用字遣詞將官員阿諛奉承一番，接著寫道：

「當今時局下，川柳作者竟有明顯缺乏愛國情操者，發表以下對國家不忠之作。

設苛捐重賦，橫征暴斂猶未足，軍獻還伸手。

昔日馬銜轡，豈知今日人爲馬，取轡封你口。

多生彈靶子，勳章一枚換一個，少不了你的。

尤其是鶴彬所作之第三首，誠可謂數典忘祖之作。在此人人高喊『國民精神總動員』、『奉公守法週』的時期，竟有如此視國家爲無物的叛逆之作，實令我等川柳愛好者髮指眥裂。故雖心中遺憾，亦只能據實上報。

我等皆柳壇愛國之士，懇請當局嚴正監視並教育鶴彬等川柳界逆賊。」

這封告發信簡單來說就是「這幾個傢伙是大壞蛋，我們跟他們完全不一樣，請不要連我們也一起懲處了」。丸山讀著信中字句，眼前彷彿浮現了寫信者臉上那卑微奉承的笑容。

丸山將告發信還給長官，像是摸了髒東西，偷偷將手指在褲管上抹了又抹。

這兩年像這樣對政府當局極盡諂媚之能事的無恥之輩，多如過江之鯽。那封告發信中寫了一句「我等皆柳壇愛國之士」，但告發者到底有幾個人，是否徵求過其他人的同意，誰也不知道。信中針對告發的對象，只具體寫出了一個人的名字，那就是鶴彬。依鶴彬那無視禮教規範的大膽性格，一定是他毫不留情面地反駁了川柳界前輩的勸諫，因而惹惱了前輩與一些川柳界人士。

這證明鶴彬這個人一點也沒變。

但如今問題，已不在這一點上。

「寫了這首川柳的鶴彬，就是你想拔擢爲輔助憲兵的人？」

長官問道。丸山只能輕輕點頭。

告發狀中寫出的那幾首川柳，皆明顯表現出對軍方立場的否定。如今日本的軍隊正在大陸上打得如火如荼，而這些川柳擺明挑釁軍方的策略方針。尤其是鶴彬這一首：

多生彈靶子，勳章一枚換一個，少不了你的。

這一首便足以冠上「破壞軍民和諧、阻撓戰爭遂行體制、反社會、反國家」的罪名。

「我會負起全責，一定扭轉他的錯誤心態。」丸山挺直腰桿，朝長官道。

軍方的立場，不應該是排除異己。

而是將皇民思想徹底灌輸到每一名士兵的心中。

假如軍方辣手剪除每一名懷有異心的士兵，徵兵制度肯定沒辦法長久維持。

從前丸山曾在酒宴上，對著眼前這名長官大談自己的這套理論，當時長官也非常同意，但如今長官的反應卻是截然不同。

「現在這種非常時期，我們不能大費周章幹這種事。」長官苦澀地搖頭。

現在的局勢跟當年不一樣了。

丸山還想繼續嘗試說服長官，沒想到長官舉起手，說出了另一個理由。
「最近內務省提出了一項主張，他們認爲應該將過去不在審查範圍內的川柳及Punch畫也納入監視及取締的對象。」
「川柳與……Punch畫？」
「『川柳具有精簡及犀利的特性，容易利用來煽動民眾，因此很可能會成爲反戰、反軍分子手中的武器。至於Punch畫，則是以簡單的線條勾勒出事物的某一面，並且加入滑稽及殘酷的要素。由於任何人都可以一目瞭然，很可能會誘使民眾對政府或軍隊的方針產生懷疑』……這是內務省的解釋。」
丸山聽到這段話，內心不由得發出驚呼。
這不正是自己前陣子在赤坂的日式料理餐廳，對那個內務省官員說過的話嗎？當時丸山曾詢問黑崎「那另外一部分呢」，黑崎回答「那已經不用再提了」。這一刻，丸山才驚覺黑崎的意思。
在對話前，黑崎說過「我對藝術的好壞，完全沒有分辨的能力」、「因爲我根本不需要那樣的能力」、「我需要知道的，是藝術可以如何運用」之類的話。另一方面，黑崎又詢問丸山「什麼是川柳」。事實上黑崎這個問題問得很沒道理，因爲黑崎只要隨便找一個研究川柳的專家，就可以輕易獲得關於川柳的知識，根本不需要特地詢問丸山。沒錯，黑崎想要知道的，壓根不是關於川柳的知識。他是故意讓丸山親口說明川柳的優點，以及確認丸山心中對鶴彬這個人有著什麼評價，以此作爲依據，評估川柳作爲一種特定的媒體形式，具有多大危險性。沒錯，這正是當初黑崎將丸山帶進餐廳包廂詳談的另一個重要目的。

丸山瞇起雙眼，試著站在黑崎的角度，回想自己說過的話。

藉由那些話，黑崎恐怕認定一件事。

那就是鶴彬的特立獨行，全來自川柳的影響。川柳幫助鶴彬切割出這個世界的重點，掌握這個世界的面貌，並且獲得對抗世界的力量。而這股力量，造就了鶴彬的不尋常行徑。正因如此，鶴彬才能在面對強權時不喪失判斷能力，永遠能夠在一瞬間洞察眼前的矛盾，並且提出犀利的質疑。正因如此，鶴彬才能夠不屈服於任何暴力，不論吃多少苦頭都不會改變初衷。

不僅如此，黑崎見丸山如此看重鶴彬，必定還作出了這樣的結論……

就連身爲憲兵的丸山，也被鶴彬的川柳洗腦了。

——沒想到我鑄下了大錯！

要將什麼創作形式納入取締對象，完全是由內務省決定。而自己竟然對著內務省官員黑崎高談闊論，讓黑崎明白了川柳及Punch畫的危險性，因而決定將這兩種創作形式納入取締的對象。

「接下來的事情，就交給特高處理。」

長官的聲音，讓丸山回過神。

「他們說今後會鎖定較具危險性的川柳作家及Punch畫家進行監視，並且在其附近積極尋找熱心協助者，但不會發給動章。總而言之，這次就隨他們的意吧。偶爾得賣特高一個面子。」

長官說完，低頭望著桌上的文件，順帶一提般道：

「北京憲兵隊訓練所的事，我交給其他人辦，你不必再插手。我現在交代你另一件工作。」

長官將文件遞給丸山，對丸山連瞧也沒瞧一眼。

文件中指示將一本刊載了某帝大教授論文的雜誌列爲禁書，並且向帝大校長要求開除該教授的教籍。

「這名教授是……共產思想分子？」

文件中附上了該教授寫的論文摘要，丸山快速瀏覽一遍，有些狐疑。像這種工作，不正應該交給內務省及特高去處理？怎麼落在自己手上？

「報告長官，根據我們憲兵隊以前內部讀書會的結論，這種程度的內容應該沒有追究必要……對了，請問我前陣子提交的報告書，您已經過目了嗎？」

那份報告書調查的是陸軍高層與社會上右派團體暗中勾結的案子。丸山暗中查探很久，終於掌握了證據，因此特地撰寫了一份報告書，呈交給長官。

「那案子就到此爲止，不用再追了。」長官說得輕描淡寫，又抬頭補了一句：「這是上面的指示。」

眞崎陸軍大將的審判剛結束，眼前這案子又因高層的政治判斷而不了了之。軍隊裡的鐵則是「上意下達」，下屬無法表達反對立場。

——你們憲兵遲早會走到我們這個地步。我們其實走在同一條路上，只是前後的差別。

黑崎那譏諷的聲音迴盪在耳畔，丸山不禁咬住嘴唇。如果幹的是相同的事情，何必分成兩個不同組織？兩邊的工作都是取締共產思想分子，未來必定會因爲工作愈來愈少而互相競爭，或是將「共產思想分子」的定義無限擴大……

驀然間，丸山想起了當初投隅田川自盡的那個女人的調查報告書。在那報告書中，有這麼一段敘述……那個持有眞次筆記本的女人，在死前不久，曾向街坊鄰居說了奇怪的話。她說眞次遭特高逮捕時，身體非常硬朗，全身上下無病無痛，絕對不是個會突然病逝的人。她說眞次是被特高那些人害死的。眞次在監牢裡生重病，肯定是特高利用眞次的身體做了某種可怕的實驗。一個已經罹患了肺病，而且不久之後就自殺身亡的女人，說出的話有多少可信度不得而知，不過……

那個姓黑崎的傢伙，確實可能做出這種事。

丸山皺起眉頭，瞇起雙眼。

「帝大教授論文的案子，就麻煩你了。」

上司再次強調，但雙眼依然看著桌上的文件。

丸山想也不想便立正敬禮。

轉身打開門，向長官告退，走出辦公室。

丸山走在陰暗的走廊上，腦海浮現了一張年輕人的臉孔。那年輕人膚色白皙，閉著雙眼。丸山已無法分辨，那是弟弟眞次，還是鶴彬，抑或是在金澤第七聯隊看見的某個新兵。

——千萬不能死！

放眼望去全是穿軍服的人。丸山走在熙來攘往的人群，嘴裡低聲呢喃。

虐殺

1

「簡直像是間諜小說。」

志木裕一郎坐在長椅上低喃。他從白西裝外套的口袋裡掏出香菸，點了火。白色巴拿馬帽戴得極高，幾乎套在後腦杓上。志木仰靠著椅背，瞇著眼睛看著自枝葉縫隙灑落的陽光，用力吸了一口菸，緩緩吐出。

「……我就知道你會來。」

坐在長椅角落的年輕人，手上攤開一份報紙，維持著低頭看報的姿勢，嘴裡低聲道。

年輕人戴著一副賽璐珞圓框眼鏡，身材瘦削，背部微弓。他的名字是和田喜太郎，職業是東京的大型出版社「中央公論社」編輯。今年二十七歲，比志木小了八歲。志木或許是長年住在外地（註），總覺得和田這個人雖然年紀也不小了，卻依然像個孩子。不過志木轉念又想，近年來日本的年輕高知識分子似乎都是這個調調。

譯註：此處的「外地」指的是日本在第二次世界大戰戰敗之前所擁有殖民地，例如台灣、韓國等。

「你沒事用密碼文字把我叫出來，到底想幹什麼？你也知道現在的時局，我看你這麼神祕兮兮，有點心裡發毛。」

志木沒好氣地說。和田一聽，似乎倒抽一口涼氣，緊張地道：

「我……我沒那個意思……只是……」

「而且你的密碼文字太簡單了，下次記得想個難一點的。」

志木露出戲謔的微笑，和田這才鬆了口氣。

數天前，志木在平日上班的滿鐵東京分公司調查室內，收到一張耐人尋味的圖畫明信片。寄出人正是和田，圖畫下半部寫著三行字：

前略，上次的事情承蒙您關照。

下一次聚會時間是下午三點，懇請配合。

以上，未盡禮數之處，尚請見諒。

幾句話乍看平凡無奇。

問題是志木與和田之間並沒有任何「下一次聚會」的約定。

志木一頭霧水，歪頭苦思好一會，本來想要打電話向和田問個清楚，猛然想到了一件事。

最後一次遇見和田，是在大約一個半月前，參加「政治經濟研究會」的時候。

這場研究會本來是由「昭和塾」成員自發性舉辦的活動。「昭和塾」的講師皆來自於近衛文麿（註）的智囊組織「昭和研究會」。後來「昭和塾」解散，「政治經濟研究會」逐漸轉變爲跨越各領域的不定期聚會，戰爭期間許多人會在這場聚會上交換資訊及討論現況。參加者的身分及隸屬組織五花八門，除了外務省及大東亞省的年輕官員，還有滿鐵東京分公司調查室、東亞研究所、日本製鐵及古河電工等民營企業，以及報社、出版社等。志木自從歸國，便進入滿鐵東京分公司，不久後受到邀約，開始參加這場研究會。

至於和田喜太郎，在研究會中屬於最年輕的一輩。或許因爲這個緣故，他在研究會上很少開口說話，大部分都在聆聽別人發言，很少做出引人側目的事情。研究會結束，由於志木與和田的回家方向相同，因此兩人常有機會聊天。志木一問之下，才得知和田跟自己一樣，畢業於慶應大學法文系。加上兩人的嗜好都是閱讀偵探小說，很快就建立起交情。志木平常在上班的滿鐵東京分公司內，很少與人來

譯註：近衛文麿（一八九一～一九四五年）爲日本昭和時代初期的政治家，曾三度擔任日本首相。

往，加上身材偏瘦、肌肉結實，以及輪廓極深的五官，處處都營造出讓人不敢輕易靠近的氛圍。周圍的同事們給志木取的綽號不是「一匹狼」，就是根據志木在大學時研究過的法國詩人韓波（註）的著作，給志木取名為「voyant」，但並非取原本的「先知」之意，而是指「旁觀者」。正因為志木有著如此孤僻的性格，能夠交到這樣的朋友相當罕見，只能說剛好找到了心靈契合的對象。

前一次的研究會，是舉辦在位於虎之門的滿鐵東京分公司內。會後，志木邀和田到附近一家會員制的酒吧喝酒。當時兩人談的話題，正是「機密傳訊」。

使用了密碼的機密傳訊，是古往今來東西方偵探小說最喜歡的題材之一。

什麼樣的機密傳訊手法，才能發揮最大的效果？

偵探小說裡最常使用的手法，是所謂的「白紙傳訊」。寫上傳訊文字的紙張，乍看只是白紙一張。就算傳遞途中遭第三者攔截，也不用擔心會洩漏機密。當另一方收到白紙時，只要使用預先約定好的手法（例如烘烤或塗抹特殊藥劑），就能讓機密文字浮現。

還有一種手法是使用數字。而這類最常見的，是稱作「解碼書」的手法。訊息的發送方與接收方會互相約定好使用的解碼書，接收方只要搭配這本書，就可以利用書內的頁數及行數，將數字轉換為文字。通常雙方在挑選解碼書的時候，會選擇對雙方來說都不容易讓人起疑的書籍。例如在西歐的偵探小說裡，通常會使用《聖經》當作解碼書。

和田在聊到這個話題的時候，興奮得臉頰泛紅，一對眼珠閃閃發亮。那說得口沫橫飛的模樣，與在研究會上的沉默態度有著天壤之別。

「我告訴你一個祕密，請你不要告訴別人。我正在寫一篇以現代日本爲舞台的偵探小說，在這篇小說裡，我也想要使用《聖經》當作解碼書，你覺得如何。」和田如此告訴志木。

「歐美的偵探小說喜歡用《聖經》當作解碼書，是受了文化背景的影響。他們往往會把解碼出來的文字描寫成上帝的聲音。」志木若無其事地說道。「但在我們日本，擁有《聖經》的家庭反而是少數。所以我認爲在日本如果使用《聖經》當作解碼書，恐怕有些不太自然。如果是以現代的日本爲舞台，我建議修改一下設定。」

「原來如此，有道理。」和田點了點頭，一臉欽佩。

「不然的話，但丁的《神曲》如何？」

譯註：亞杜・韓波（Jean Nicolas Arthur Rimbaud，一八五四～一八九一年）是十九世紀法國重要詩人，voyant爲其提出的概念，具有「先知」、「通靈者」、「具有幻視能力者」等多種涵義。

「太裝腔作勢了點。」志木苦笑著搖了搖頭。「我想想，既然是以現代的日本為舞台，或許可以使用改造社的一圓書《現代日本文學全集》當解碼書。不管是什麼樣的家庭，書架上有個一、兩本都是理所當然。」

改造社在昭和初年計畫出版一整套的《現代日本文學全集》，主打的口號是「一本一圓」，社會上的反應遠遠超過編輯部的預期，光是預約訂單就超過二十三萬筆，在社會上引發驚人的「一圓書風潮」。

「使用《現代日本文學全集》當作解碼書？」和田皺起眉頭，思索著道：「這會適合偵探小說的氛圍嗎？我記得第一冊的作者是尾崎紅葉……」

和田說到這裡，才察覺自己一定是被戲弄了，不由得乾笑兩聲。

「說真的，如果是以現代日本為舞台，機密傳訊的手法絕對不可能使用白紙或數字羅列。」

志木舉起眼前的酒杯，向和田解釋日本目前的狀況。

自從佐爾格事件（註）在去年五月解除報導禁令後，「間諜」、「看不見的敵人」等詞彙在日本國內一夕爆紅，成為流行語。如今全社會的民眾都在瘋狂尋找著躲藏在社會上的間諜，在這樣的社會風氣之下，倘若任何人敢寄出白紙或只寫著數字的書信，寄信者肯定立刻被周圍的人扭送至警署。民間所有的書信都會被一封封拆開來檢查，前陣子遞信省還特地向社會大眾呼籲「寫信時不要寫出會讓人誤解的內容」。不管是檢查書信的人員，還是接受檢查的民眾，都認爲這是理所當然。

「現代日本，書信檢查及互相監視早已是家常便飯。使用白紙或數字羅列當作機密傳訊，簡直就像大聲宣布『我很可疑』，根本毫無意義。」

和田聽了，沮喪地嘆口氣。

「明明《大日本帝國憲法》第二十六條寫到，『日本臣民，除法律所定者外，不得侵其書信之祕密。』。」

「但《大日本帝國憲法》第三十一條也寫到，『本章所列條規，在戰時或國家事變之際，並不妨礙天皇大權之施行。』」

志木哼笑了兩聲。

接著兩人得到一個結論，那就是在私人書信不具隱私權的當今日本，眞正高明的機密傳訊，應該是將密碼藏在文字的字裡行間，而且這些字必須以會被陌生第三人看見爲前提。

譯註：佐爾格（Richard Sorge，一八九五～一九四四年）是一名蘇聯間諜，在一九四一年遭日本的特別高等警察逮捕。日本政府禁止新聞媒體報導此事，直到隔年五月才解除報導禁令。

下一次聚會時間是下午三點，懇請配合。

如今，和田故意以「寄送過程中肯定會被看見」的圖畫明信片，寫了這麼一句話給志木。這顯然暗示「想要進行一次不曾事先約定的聚會」。

志木仔細檢視和田寄來的明信片。

問題是約在哪裡見面？日期呢？

志木看了半天驀然發現，內文的末尾除了署名「和田喜太郎」，還寫上一個日期。那赫然是後天，此時此刻根本還沒有到，絕對不可能是寫信的日期。看來這就是相約見面的日期吧。至於見面的時間，應該就是字面上的「下午三點」。

目前還不知道的，就剩下見面的地點。

志木將圖畫明信片翻到背面。

明信片上畫一頭大象，站在一個小小的台子上，高高舉起了長鼻子。

兩天後，下午三點。

志木來到上野恩賜公園內的動物園，在大象區前的長椅上發現和田。

那張明信片的內容果然是機密傳訊。

明信片上頭的大象，正在表演雜耍特技。志木一查，這張圖畫明信片只能在上野動物園內的小賣店裡買到。

日期、時間及地點都有了，配上「下一次聚會」的文字。邏輯上完全說得通。

但在親眼看見和田之前，志木還抱持著半信半疑的態度。發現神祕的暗示，就會忍不住想要破解，並且前往暗示的地點。這可說是偵探小說愛好家的壞毛病。

志木不禁為自己的行為露出苦笑，向和田低聲打了招呼。

志木在長椅上坐下，取出香菸抽了起來。在抽菸中，攜家帶眷的大量遊客聚集在大象區前。

鈴聲響起。

大象表演起雜耍特技。

飼養員朗聲宣布表演開始，巨大的印度象依照飼養員的指示，在一截原木上前後走動。遊客聚集的區域響起了盛大的拍手聲，以及孩子尖銳的歡呼聲。每個人的表情都很興奮，目不轉睛地盯著正在表演的大象。

「……周圍有沒有可疑人物？有沒有人像在監視我們？」和田壓低聲音問道。

志木吐了一口煙霧，若無其事地往四周看了兩眼。

帶著年幼孩童的遊客們，都全神貫注地看著大象的表演，根本沒有人在意後方的長椅。此外也找不到有人像在偷聽兩人的對話。

這眞是個好主意。平日白天的動物園，而且是大象進行表演時的大象區前方，確實很適合密會。在這裡交談的內容，不用擔心被人聽見。使用圖畫明信片作爲傳遞訊息的手段，也是個好點子。問題只在於……

和田到底在害怕什麼？

志木瞇起雙眼，以眼角餘光瞥了坐在長椅角落的和田一眼，內心丈二金剛摸不著腦袋。

和田那抓著報紙的手，正在微微顫抖。他那側臉毫無血色，不僅慘白，還帶一點土黃色。

「見你這神情，似乎不是想跟我討論你寫到一半的偵探小說。」志木故意氣定神閒地道。

「請你救救我。」和田發出虛弱的哀號聲。

「你遇上了什麼事？」

「……我也不知道。」

「你也不知道？」志木揚起一邊的眉毛。「又是猜謎嗎？」

「我身邊的人……一個個消失了。」和田吞嚥了一口口水，從喉嚨深處擠出沙啞的聲音。「好幾個我認識的人，最近突然行蹤不明……有的前一天閒聊時還很正常，隔天就消失得無影無蹤。我完全不知道他們為什麼會消失，沒有人告訴我任何理由……」

搞什麼，原來只是這種事。

志木從口袋中掏出香菸，又點了一根。嘴角的笑意帶著幾分取笑。

「現在可是戰爭。」

志木吐了一口煙霧，泰然自若地道。

日本與中國大陸的戰爭陷入泥淖，加上前年十二月，日軍偷襲珍珠港，美軍與日軍又爆發激烈的戰鬥。如今過一年半，美日戰況愈來愈混亂。日軍同時要在中國大陸及南洋海域抵擋敵軍，前線需要的士兵數量驚人，軍方只好全面徵召日本國內的年輕人入伍當兵。身高、體重、年齡……各種的徵兵標準不斷調降，許多原本被認為不適合當兵的年輕人，如今都被抓進了軍隊裡。這些年輕人往往只接受非常短的訓練，就被送上戰場。至於那些身體檢查不合格的年輕人，也不是就此高枕無憂。他們會被送進軍需工廠，與孩童及女人一起做工。

任何人都可能在任何時候、任何地方被徵召進軍隊或工廠。原本只要是具備專業知識的大學畢業生，例如像和田這樣在出版社或報社工作的高知識年輕人，幾乎都可以基於各種理由免除兵役。但近來就連這樣的族群也收到無情的紅單（註二），被強制送入軍需工廠或軍隊。

原本以爲跟自己無關的事情，有一天突然落在頭上。殘酷的現實，讓社會上的高知識分子陷入恐慌。愈來愈多人爲了繼續享受不用當兵、不用做工的特權，想盡辦法向軍方或政府高層獻殷勤、拉關係。

「不是你想的那個意思。」和田像打哆嗦一樣搖了搖頭。「你心裡想的那些，我當然知道。過去每次有熟人受到徵召，他的上司和同事都會舉辦盛大的送別會。但現在完全不一樣，我好幾個認識的朋友突然消失，他們身邊的人卻擺出一副好像從來沒有這個人的態度。簡直就像是……有一天突然被吸進了黑暗的深淵裡……」

原來他說的是「那種狀況」。

志木仰靠在椅背上，思索著如何解釋。

高知識分子雖然可以享受不必當兵、不必做工的特權，卻得揹負另一種危險。同樣是「從社會上消失」，卻不同於軍方的徵召……而是因「思想犯」的罪名，被特高或憲兵帶走。

特高和憲兵隊之所以可怕，是因爲他們抓人的標準不透明。

最好的例子，就是美濃部（註二）教授的天皇機關說。過去受到普遍認同的學說，有一天突然成爲取締的對象。而且近來很多人被逮捕之後，依然不明白自己是基於什麼理由被逮捕。

「在我的生活周遭……好像有一件可怕的事情正在發生。」和田低聲說道。「一件眼睛看不見的事情，正在醞釀成形。我不知道那到底是什麼，我只知道出版社裡的人都絕口不提，每個人都在疑神疑鬼。我不知道誰正在受到監視，也不知道告密者是誰……我找不到可以信任的人……」

「爲什麼找我商量？」志木狐疑地問道。兩人的交集，充其量不過是畢業於相同大學，以及都是偵探小說的愛好者，並沒有熟到可以討論這麼嚴肅的事。

「因爲你說過，你有一個朋友是神奈川縣的警察……」

神奈川縣的警察？

志木叼著菸流露出迷惑，不明白這兩件事有什麼關係。

譯註一：指軍方發出的臨時召集令。

譯註二：美濃部達吉（一八七三至一九四八年），日本著名憲法學家，曾任東京帝國大學教授、貴族院議員。其提出的「天皇機關說」，在大正時期及昭和初期是受天皇及大部分政治家、官員所認同的正統學說。但是進入一九三〇年代後，因軍國主義氣焰高漲，不僅美濃部本人遭受軍方迫害，其著作也被列爲禁書。

「我有個朋友在內務省的檢閱課工作，他有一次不小心說溜了嘴，提到『那些都是神奈川縣特高的案子』。」

和田將視線從報紙上移開，轉向志木。這是他今天第一次正眼看著志木，但他的目光飄忽不定，視線似乎沒辦法停留在固定的位置上。

「東京的出版社編輯，如果是被東京的警視廳（註）找去問話，這個我可以理解。過去也發生過好幾次，被要求針對出版的書籍和雜誌進行說明。但是……神奈川縣的特高，怎麼會抓走這麼多東京的出版社編輯？」

和田說完話，搖了搖那帶著土色的臉，接著垂下頭，雙手捧著頭道：

「我完全不知道到底發生什麼事，我真的好害怕……」

就在這個時候，觀看大象表演的攜家帶眷遊客們拍手叫好，蓋住了和田顫抖的聲音。

2

和田離去後，志木依然坐在長椅上抽菸。

抽了幾口菸，志木將變短的菸頭扔在腳底下，用鞋底踏熄，接著輕描淡寫地拿起長椅上的報紙。

那報紙是和田留下的，裡頭夾著一張橫書的手寫便條紙，上頭列出他知道的失聯者姓名、年齡、工作單位及失聯日期。

志木攤開報紙，假裝讀著上頭的新聞，目光迅速掃過那張便條紙。紙上總共列了四個人，失聯日期都是「五月二十六日」。四個人中，有一個名叫「木村亨」，名字底下畫兩條線。後面寫著「二十七歲」及「中央公論社」。

志木心想，和田這麼恐慌，最直接的理由應該就是木村亨消失了吧。兩人任職的出版社相同，年齡相同。雖然不知道和田與這個木村的交情如何，但木村消失得如此突然，整個出版社彷彿當木村這個人打從一開始就不存在，想必讓和田有如驚弓之鳥。

根據和田留下的便條紙，當天還有東京的出版社「改造社」編輯相川博、小野康人也消失了。年齡分別為三十四歲及三十五歲。對和田來說，這兩個編輯都是他的「前輩」。出版界是個很小的圈子，各出版社的編輯大多認識。當天還有一個名

譯註：「警視廳」是設置於東京的警察機構，相當於各縣的縣警本部。

叫加藤政治的報社記者也消失了。年齡是二十七歲，那家報社的總部就在東京。以上這些人，都被神奈川縣特高帶走了。

志木將攤開的報紙舉到身體前方，慢條斯理地摺好，若無其事地將便條紙塞進口袋。

志木又掏出一根菸，點了火。

志木仰靠在椅背上，凝視著眼前的裊裊輕煙，暗自理了理頭緒。

四個認識的編輯及記者在同一天失蹤。他們上班的出版社及報社明明都在東京，但將他們帶走的特高並非來自東京的警視廳，而是來自神奈川縣警察本部。

難怪和田嚇成那樣。

和田以機密傳訊的手法將志木叫出來，有兩個理由。

第一，從出版社內部到整個業界，都讓他無法信賴。

戰爭期間，軍方對言論控管相當嚴格。尤其是和田任職的中央公論社，近來簡直成了陸軍的眼中釘。

日本和美國開戰不久，陸軍的報導部就召集東京的雜誌負責人，宣布以後每個月第六天都要召開會議，命名爲「六日會」。所有雜誌編輯都須參加，每次都會有陸軍現役軍官確認出缺勤狀況，對各雜誌作出評論，並且指示今後的編輯方針。《改造》、《中央公論》、《日本評論》這三本雜誌經常在會議上受到軍方譴責。

例如《中央公論》在今年一月號及三月號上連載了谷崎潤一郎的小說《細雪》，被陸軍軍官批評爲「讓國民喪失戰意的無用小說」，《中央公論》因而被迫中止連載。

「你知道嗎？那些軍人都以爲馬克思是俄國人。這樣一群蠢蛋，怎麼可能分辨得出小說的好壞？」

上次志木邀和田一起喝酒的時候，和田趁著醉意大發牢騷。

「上一次的六日會，那些蠢蛋竟然說『讀杜斯妥也夫斯基的小說，就會染上共產思想』，還說《公論》企畫的〈尊王攘夷特輯〉讓他們非常感動。」和田聳了聳肩：「說完之後，台下的人竟然一陣吹捧，我看得直搖頭。唉，我們社內那些，沒一個值得信賴。」

和田說到這裡，忽然恢復了理智，緊張地左右張望。

在這個連紙張都是配給制的經濟控管時代，出版業的景氣好到難以置信。人類是一種陷入不安時，就會想盡一切手段蒐集最新資訊的生物。因此不管任何書籍或雜誌，只要能夠通過軍方的審查，都會變成市場上的搶手貨。通常只要一上架，不久就會被搶光。書籍及雜誌因賣不出去而遭退回出版社的噩夢，在如今的時代儼然成爲歷史。

這樣的現象，導致審查方（軍方）與被審查方（出版社）形成奇妙的共生關係。規模愈大的出版社，愈有這樣的傾向。當然有些編輯會抱怨「內容都要經過軍方同意，這眞是太愚蠢了」，但也有不少編輯主張「畢竟現在局勢特殊，該妥協就要妥協，不要與軍方作對。假如被查禁的話，空有再多的理想也是白費力氣」。

在和田的眼裡，實在難以分辨誰是敵人、誰是朋友。假如搞錯求助對象，很可能就像他說的，莫名被神奈川縣特高盯上。走投無路的和田因此決定向出版界以外的人求助，或許比較保險。

和田找上志木，還有另一個理由，那就是志木曾經提到「有個朋友在神奈川縣當警察」。

但志木想到這裡，不由得露出苦笑。所謂的朋友，只不過是小時候住在附近的一位巡查，稱不上有深厚的交情。那個人現在已經快退休了，和特高也扯不上關係。剛剛志木向和田說出實話，和田卻堅持「死馬當活馬醫」，希望志木幫忙。

志木再度檢視和田的便條紙，想起一事。

在「五月二十六日」這一天，志木任職的滿鐵東京分公司調查室也有一名調查員突然失蹤，從此下落不明。

這只是偶然嗎？

會不會跟《中央公論》及《改造》的編輯失蹤有關聯？

志木歪著頭，陷入沉思。

一旦有人被特高或憲兵隊帶走，所有同事及上司都會避免提及，採取明哲保身的態度。這樣的現象，並非只發生在出版社。滿鐵東京分公司的內部，其實也是大同小異。

志木回想起去年發生的一件事。位於大連的滿鐵總公司調查部，曾遭關東憲兵隊大規模介入調查。好幾名總公司的調查員遭憲兵隊逮捕，理由是他們與蘇聯或中國共產黨有不尋常的關係。志木不清楚詳情，只知道鬧得很大，位於大連的總公司內部甚至出現「調查部可能會解散」的傳聞。

五月二十六日那天，從滿鐵東京分公司消失的調查員，負責的工作是「蘇聯事務研究」，而且與大連總公司那些人有密切往來。志木一直以爲，該調查員是因爲這個緣故才被帶走。

總之先調查看看，下令抓人的是東京的警視廳，還是神奈川縣的特高吧。

志木伸了個大大的懶腰，從長椅上站起來。

嘴角叼著菸，在動物園內漫無目標地走著。

大象區的右後方是猛獸區。

獅子、老虎、獵豹、黑豹、花豹……

志木依序欣賞每一座籠子。那些巨大的貓科動物，都有著美麗柔軟而強韌的體態，讓志木不禁瞇起雙眼。

志木今天來到動物園，並非只是確認自己是否成功破解明信片中的暗號。事實上他從小到大都非常喜歡動物園，連自己也覺得不可思議。或許是從小家庭環境比較複雜，而動物園聚集大量平常絕對看不到的異國動物，因此感覺到神祕且充滿魅力。更重要一點，自己唯有在動物園才能獲得心靈平靜。

亞洲黑熊、馬來熊、美洲黑熊、北極熊、美洲野牛……

明明是一擊就可以將人類打倒的巨大猛獸，卻擁有優美得嘆爲觀止的體態。一群跟隨父母前來的孩子們聚集在牢籠前，全都張大了口，目瞪口呆。

然而如今在中國大陸及南洋群島上，時時刻刻都有大量士兵死於槍林彈雨。

那些專注地盯著動物的孩子們，有些頭上戴著貌似鋼盔的帽子，背上揹著背囊。「鋼盔」是布製的，沒有任何保護效果；「背囊」也不是眞正的陸軍背囊，裝不了多少東西。說穿了都是毫無用處的奢侈品。

現在這種戰爭時期，還能夠來動物園，必定都是有錢人家的孩子。父母帶孩子來動物園，爲什麼要故意把孩子打扮成「小小士兵」的樣子？頭戴白色巴拿馬帽的志木，偷偷揚起一抹譏笑。

現在跟當年那個「每天都有捷報可以大肆宣傳，全日本國民都歡欣鼓舞」的時期相比，早已有天壤之別。軍方已下令從瓜達康納爾島（註一）撤退，日本海軍聯合艦隊司令官山本五十六搭乘的軍機甚至遭美軍擊墜。雖然因爲消息封鎖的關係，平民百姓能夠知道的戰況有限，但任何人都可以從新聞報導的蛛絲馬跡，感覺到戰況正逐漸趨向對日軍不利。

即便如此，絕大多數的民眾還是不認爲日本會在戰爭中敗北。

「神州不滅」的信仰，深植在民眾心中。許多人相信當日本遭遇危險，上天一定會颳起「神風（註二）」，幫助日本獲得最後勝利。

譯註一：瓜達康納爾島（Guadalcanal）是西南太平洋上所羅門群島中最大的島嶼。第二次世界大戰期間，美軍與日軍在一九四二年至四三年爲了爭奪該島而發生激烈戰鬥，最後由美軍獲勝，日軍下令從該島撤退。

譯註二：日本的「神風」思想，源自於十三世紀元寇（元朝軍隊）攻打日本的「文永」、「弘安」兩次戰役。元軍在這兩次戰役中都遇上了颱風，造成重大傷亡，最終導致元朝放棄攻打日本。

一定要把萬惡的美國、英國打得體無完膚。

所有民眾都應該過著簡約生活，女性禁止燙髮。

在贏得最後勝利前，每個人都應該克制自己的欲望。

稅賦一年比一年沉重，靠薪資過活的勞工必須接受不合理的源泉徵收制度（註一），所有的人民還必須接受政府發行的戰爭債券，不得有絲毫怨言。

舉國一致、盡忠報國、尊王攘夷。

萬世一系、八紘一宇（註二）、大東亞共榮圈。

聖戰必遂。

政府想出這些氣勢十足的口號，每個國民都在高喊著，有如故障的留聲機。

志木注視著手中的香菸盒，浮出懊惱的神情。

深受庶民百姓喜愛的香菸品牌「Golden Bat」，被迫更名爲「金鵄」；另一個牌子「Cherry」則被迫改成「櫻」；職棒「東京巨人隊」制服上那個大大的「G」，改成了「巨」；歌手兼演員「Dick Mine（註三）」被迫更名爲「三根耕一」。講談社發行的綜合雜誌《KING》，被迫更名爲《富士》。

政府鼓吹「盡量不要使用外文」，社會上掀起一股「消滅外文」的風氣，幾乎到失去理智的程度。教授外文的大學教授走在路上都抬不起頭。主張「正因爲英美語是敵國的語言，我們更應該好好學習」的教師，因爲社會輿論的壓力丟了工作。

遭到社會全力排除的，可不只有外文。最近任何人只要對國家的政策稍有批評，馬上就被冠上「叛國」、「不敬」、「不愛國」、「賣國賊」等罪名，受到整個社會不管三七二十一地全力批判。

大多數的民眾都認爲日本一定能夠贏得戰爭。

日本絕對不可能戰敗。

爲什麼一定能贏？爲什麼不可能戰敗？

理由很簡單，因爲日本在日俄戰爭中獲得了勝利，這次也一定能贏。

那不是一種理論，而是一種信念。

神州不滅。神風必勝。

譯註一：「源泉徵收制度」類似「預扣所得稅」的概念，勞工在拿到薪水的時候，就已經預先扣除了必須繳納給政府的稅金。

譯註二：「萬世一系」、「八紘一宇」皆是日本於二戰期間喊出的國家格言。「萬世一系」的意思是天皇的血脈自古以來一脈相傳，從來不曾斷絕。而「八紘一宇」的原意接近天下一家、世界大同，但實質上成爲軍事擴張的口號。

譯註三：Dick Mine（一九〇八～一九九一年）是日本二十世紀初期的歌手兼演員。雖然取了英文名字，但其實是日本人，本名三根德一。第二次世界大戰期間，更名爲三根耕一。

甚至還有人舉古代元寇入侵當作例子，簡直可笑至極。

前陣子全國各地都可以看到名爲「東條首相的算術」的海報。

海報上說「在戰爭時期，日本的算術並不是『2＋2＝4』」。「2＋2」可以等於「5」，可以等於「7」，可以等於「80」。只需要有「籌劃與研究的能力」以及「不畏艱難的勇氣」。

——只要努力，「2＋2」就會變成「5」？

志木將一口煙霧吐向天空，嘴角帶著譏諷的笑意。

是啊，這就是軍人。

但對一般人而言，「東條首相的算術」實在太難了，難到讓人不想理會。

幸好志木與和田常參加的「政治經濟研究會」，全都是有這種想法的人。

每次舉行研究會，都有來自東京各大學的畢業學長們，跨越了專業領域及畢業年度的藩籬，大家齊聚一堂，依據每個人從任職的官方機構或民間企業所取得的資訊，建構出與「東條首相的算術」完全不同的現實。在戰車、機關槍及毒氣的面前，騎士道與武士道毫無用武之地。這一點，早在爆發於歐洲的「第一次世界大戰」中獲得印證。針對現在進行中的現代戰爭，想要精準預測其未來，我們仰賴的不是「東條首相的瘋狂算術」，而是馬克思提倡的下層結構理論。也就是精確掌握產業結構及數量，藉由精準的數字分析世界各國的情勢。屏棄一切的樂觀期待，以及認爲精神可以凌駕物質的想法。完全根據理性的科學見解，對戰況的未來發展進行預測。以事實爲依歸，描繪出日本這個國家的未來景象。

這正是「政治經濟研究會」的主要目的。

上次的研究會，與會者根據大家提供的資訊，討論與分析並得到一個結論。

——日本這個國家還能維持作戰的時間，最長也只有一年。

「這場戰爭如果繼續，頂多撐到昭和十九年——一九四四年的年中。屆時日本國力將耗盡，就算敵人沒有攻打，日本的社會也會陷入極度悲慘的狀態。」

研究會上的人得到如此嚴峻的答案。

——不必讓一般民眾知道這件事。

他們同時提出這樣的見解。

大多數的民眾並不需要正確資訊。他們眞正需要的，只是「現在應該做什麼事」的指令。因爲服從命令是最輕鬆的生活方式。

「民眾不是看不見未來，而是閉上了眼睛。」

有人帶著冷笑這麼說，而整個會場上聽不見對此的反駁。

刺眼的陽光讓志木瞇起雙眼。他轉身背對猛獸區，邁開步伐。不少頭戴布製鋼盔，揹著背囊的孩子在眼下奔過。

志木不由得停下腳步，轉頭望向那些依然專注地盯著猛獸的孩子們。

戰爭如果持續下去，在這些孩子們長大成人之前，日本這個國家早就垮了。

物資匱乏，造就遍地餓殍。無數敵機，塡滿日本天空。數不清的壓倒性轟炸，讓整個地表陷入火海。民眾就算存活，也只能無助地逃竄。凝聚現代科技智慧的英美新型炸彈，可能奪走上百萬條人命。

擁有知識，就能看見未來。但即使知道未來充滿絕望，也只能坐以待斃。

卡珊德拉……

志木在口中低聲呢喃。

希臘神話中，特洛伊公主卡珊德拉因觸怒阿波羅，被下了「詛咒」。那個詛咒就是讓她擁有預知未來的能力，然而沒有人相信。

志木的腦海裡，浮現研究會成員那一張張臉孔。

一群讀過大學的睿智之士，秉持嚴肅態度不斷討論。明知道民眾無法接受眞相，明知道沒有改變未來的能力，這群人還是想盡一切辦法，只爲了預先看見未來。

——好一群卡珊德拉！

志木微微揚起了嘴角，用手指將變短的菸頭彈了出去。

3

「你二十年沒回來了？難怪變了這麼多，一表人才，我完全沒認出來呢。」

介於中年與老年之間的男人坐在志木對面，流露著懷舊之情，瞇起雙眼。志木舉起酒瓶，往他的杯中倒酒。

「離上次看到你已經過了二十多年，眞的是歲月催人老……啊，謝謝。」

老人縮起脖子，啜了一口酒，曬得黝黑的臉孔露出吃驚的表情。

「現在這種時局，怎麼還有這麼好的酒？」老人低聲咕噥，接著像是想起什麼，略帶懷疑地盯著志木。

「難不成這酒是……」

「你不要誤會，這可不是黑市買來的違禁品。」志木笑了兩聲。「『黑市交易是利敵行爲』，這大家都知道。鳥井先生可是效命於天皇陛下的警官，我怎麼可能讓你喝黑市買來的酒？請放心，這酒是我從父親那邊偷偷帶出來的，想和你好好喝上幾杯。」

「原來是大老爺的酒？眞抱歉，我多心了。」

長年在本地擔任警察的鳥井良一，頓時放鬆肩膀的力氣，似乎眞的鬆口氣。他一隻手掌放在花白的頭髮上，有些不好意思。

「裕一郎少爺，你小時候那些惡劣的玩笑，可把我整慘了。我記得有一次，你請我吃東西，說是外國來的糕餅，結果卻是馬糞。我被小時候的你騙了太多次，變得疑神疑鬼，眞抱歉，請你不要放在心上。」

志木低頭喝著自己的酒，彷彿沒有聽見。

盂蘭盆節已近，轉眼已過最炎熱的季節。這天，志木回到位於神奈川縣眞鶴町的老家別墅。

藉由「暗號」在上野動物園與和田見面，已經是一個多月前了。中間隔了這麼多日子，理由之一是最近滿鐵調查室的工作實在太忙，根本沒有辦法請假。

自從去年日軍成功占領荷屬東印度及英屬北婆羅洲之後，軍方便要求滿鐵調查室提交關於南方油田的蘊藏量調查、開採、煉製及儲備的相關技術報告書。

當初日軍決定將戰線往南方推進，美其名是解放亞洲，但占據南方油田才是眞正的理由之一。

根據調查結果，南方油田擁有豐富的石油蘊藏量，對提振日本經濟有很大的幫助，而且開採並不困難。以目前日本擁有的技術，要開採及煉製都不成問題，建設石油儲備設施更是輕而易舉。

軍方要求的報告書內容，就只有以上這些。但在報告書的最末尾，志木還提出個人看法。

要讓日本經濟實際受惠於南方油田提供的石油，有一個必要條件，那就是輸送海域必須安全。如果只是和平時期的正常貿易，當然不會有問題。但在現代戰爭的交戰期間，海域隨時暴露在敵國潛水艇及飛機的威脅之下。為了確保海域的絕對安全，軍方要付出的成本可能遠遠高於開採油田得到的利益。因此不論南方油田的蘊藏量多寡，要在戰爭期間獲得南方油田帶來的戰爭經濟效果，從現實面來看幾乎不可能。

以上就是志木在報告書中附加的但書。這份報告書不僅內容豐富，論證過程運用各種詳細數據資料及最新分析手法，志木費盡九牛二虎之力才完成。對於這樣的成果，志木相當滿意。可惜聽說上司將報告書呈交給軍方時，刪除其中志木所寫的「但書」。

這麼一來，報告書的結論就會完全相反。

上面的人要怎麼使用這份報告書，志木無法干涉。志木告訴自己，只要確實完成工作，其他的事情就別管那麼多了。

隔這麼多日子的另一個理由，就是當初懇求志木進行調查的和田，後來再也沒有聯絡，因此志木也少了積極行動的動機。

好幾個認識的人同時消失，讓和田陷入暫時性的恐慌。但和自己談過之後，和田已經恢復冷靜——這是志木的結論。

因此志木來到二十年不曾造訪的真鶴町別墅，邀請住在附近的舊識——任職當地警察單位的老巡查部長到別墅裡喝酒聊天，完全是基於好奇心。自從聽了和田的描述，志木自己調查一番，得知在今年五月，滿鐵東京分公司總共有三名員工失蹤。把他們帶走的都不是東京的警視廳，而是神奈川縣的特高。

光是五月就有七人消失。人數這麼多，應該不是偶然……

「加島大老爺近來好嗎？」

鳥井巡查部長吃著鹽烤香魚，低聲下氣問道。

志木的父親加島元造很有商業頭腦，一生的事蹟就是白手起家賺得萬貫家財的成功故事。他父親只是個漁夫，年輕的元造只在橫濱港做一些粗重的工作，但靠著獨到眼光掌握了商機，快速累積財富。當時還是明治時期，日本正處於國家資本主義方興未艾的混亂期。元造能夠快速崛起，也得歸功於時代的推波助瀾（志木私底下稱父親爲「邁達斯王」（註））。如今的元造，在橫濱擁有好幾家公司，除了向軍方提供軍需物資，還經營各種港灣相關事業。因爲事業成功，元造與地方上的警察、政治家及黑道幫派都有深厚交情。在眞鶴町這一帶，元造更是有頭有臉的鄉紳，大家都尊稱他爲「加島大老爺」。在元造的生活中，永遠不缺美酒、佳餚，以及在這個艱苦的時代裡幾乎不可能出現的物資。雖說戰爭時期的經濟完全受政府控管，但有能力的人還是過著不虞匱乏的生活。這世間就是這樣，只要手腕好，沒有弄不到的東西。

「他很好，還是老樣子。」志木笑著說。

父親加島元造此時已過了八十五歲，卻依然沒有固定住處。他爲好幾個女性伴侶各買一棟屋子，自己就在這些女性伴侶之間遊走，每隔一個月就換一個地方住。元造有不少孩子，光男性就有六個。元造從他們母親的名字中抽出一個字，再配上順序，命名爲聰一郎、聰二郎、喜一郎、信一郎、信二郎、裕一郎。全部的孩子都沒有入戶籍，在官方紀錄上都是私生子。志木是元造過五十歲才出生的「么子」。除此之外，元造還有不少女兒（元造對女兒的命名沒有規定，完全由母親自行決

譯註：希臘神話中的邁達斯王（Midas）擁有點石成金的能力。

定）。光是志木知道的，就有這麼多兄弟姊妹。

從前每年到過年期間，元造都會要求所有母親帶著孩子聚集在眞鶴的別墅，一起慶祝新年到來。元造對所有母親及孩子一律平等，沒有差別待遇，但這群母子還是會有派系鬥爭。志木的母親是所有母親中年紀最輕的，或許因爲這個緣故，志木常常被年齡相近的哥哥、姊姊及他們的母親排擠，甚至遭到露骨的欺壓。

志木母子也常感覺和他們那些人性格不合，因此很少往來。

五個哥哥從學校畢業後，都進入父親在橫濱的貿易公司或相關企業。可惜五個哥哥都沒有遺傳到元造的商業頭腦，經營方針完全仰賴元造的指示。

所有兄弟中，就只有志木沒有進入家族相關企業，大學一畢業就離開日本，在巴黎及倫敦過著自由自在的生活。直到一年半前，志木才回到日本，因爲母親生了重病，眼看日子不長，志木希望陪母親走完人生最後一程。沒想到志木回國沒多久，母親就過世了，又過一段日子，美國與日本就爆發了戰爭……

「裕一郎少爺，我還記得所有少爺中，就屬你開的玩笑最壞心眼，常常讓我傷透腦筋。」

鳥井巡查部長喝了一杯酒，有點微醺，說起往事。

小時候的志木每次來到眞鶴的別墅，總會率領一群地方上的孩子們對抗哥哥的排擠與欺壓。志木故意敲打火警的吊鐘，等到哥哥們嚇得衝出屋子，把他們全推到糞坑裡。也把哥哥們引誘到倉庫裡，然後鎖起來。哥哥們的行李突然憑空消失，不久被人發現漂浮在海上，當然也是志木搞的鬼。

當時的鳥井，是在附近派出所值勤的年輕巡查。每當加島大老爺的別墅發生騷動，鳥井就必須前往收拾善後。志木猜想，父親一定再三告訴鳥井，千萬不要讓孩子的惡作劇鬧上派出所。爲了讓鳥井私下幫忙解決問題，父親很可能給了鳥井一些金錢或財物。

小時候的志木很喜歡看鳥井巡查東奔西跑的樣子。有時鳥井會氣呼呼地責罵志木及附近的頑皮孩子，但即使是這種時候，志木還是一臉事不關己，冷冷地看著周圍的大人一邊尖叫一邊急得像熱鍋上的螞蟻。回想起來，這種冷眼旁觀且分析周遭的態度，自己從小到大都沒有變過。

「當年那個快要把我搞瘋的淘氣孩子，如今是成熟穩重的大人了。」鳥井巡查部長放下酒杯，瞇著眼睛看著對面的志木。「原來少爺現在在滿鐵的東京分公司上班？在虎之門？霞關附近？眞的很抱歉，我是個鄉下人，根本沒聽過那些地方。」鳥井尷尬地摸了摸花白的頭髮。

「希望少爺下次回來，把夫人及孩子帶來，讓我打聲招呼吧。」老巡查部長愈喝愈醉，有些胡言亂語。志木見時機成熟，切入正題。

志木告訴鳥井，自己有個求學時期認識的好朋友，最近被神奈川縣的特高抓走了，再也聯繫不上。雖說特高是依法拘留及偵訊，沒辦法要他們放人，但至少想送一點生活用品給牢裡的朋友。志木懇求鳥井念在這麼多年交情，幫忙想想辦法。

「少爺求學時期的好朋友，被我們的特高……原來如此。」

鳥井將雙手交叉在胸前，思索片刻。

「以下這些話，請少爺務必保密，不要讓人知道是我說的。」此時鳥井似乎醉意全消。他告訴志木，近來神奈川縣警察本部每天都在進行著激烈的偵訊工作。特高偵訊時，會將各種「道具」帶進偵訊室。例如竹刀、棍棒、木杖、細繩、水管、水桶等等。

特高在本部內有專用的偵訊室，裡頭每天都會傳出怒吼、慘叫與呻吟。偵訊室的門隨時緊閉，特高以外的員警無法得知特高在偵訊室內的具體偵訊方式，但每個人都看得到偵訊的「結果」。

很多受訊問者早上走進偵訊室還精神奕奕，傍晚出來時都像變一個人。臉部嚴重腫脹，兩眼無法睜開。只有極少數人還能以自己的雙腳走路，大部分都是被人托著兩邊腋下拉出來。拖回牢房時，有些已經意識朦朧，有些完全昏厥。

特高以外的員警只要一見特高走出偵訊室，馬上陷入沉默。眾人大氣也不敢喘一口，默默注視著特高走過眼前。

「雖說那些被抓來的人都是違反《治安維持法》的共產思想分子，偵訊方式粗魯一點也沒辦法。但特高每天這樣搞，別說是遭偵訊的人，就算是他們自己，恐怕也會把身體搞壞。」老巡查部長說到這裡皺起眉頭，又說道：「最近特高那些人有些古怪，每個都目露凶光。老實說連我們同樣是幹警察的，見了他們也會心裡發毛。三個月前的他們還不至於做到那種程度。但自從他們去了一趟東京回來，大家私底下都說，他們簡直像換了人格。所以說，少爺那朋友的事，真的很抱歉，我實在幫不上忙……」

「你剛剛說的，能不能再說一次？」志木急忙說道。

「我說，少爺要給朋友送生活用品的事，我實在幫不上忙。」

「不，是前面那一句。」志木皺眉問道：「你說他們三個月前，還不至於那麼凶惡，但去了一趟東京就像換了人格？」

「呃，是啊，真的是這樣。」鳥井巡查部長點了點頭，說得若無其事。「我記得好像是四月底還是五月初，本部內有好幾個特高被叫到東京。聽說有個內務省的官員，請他們到高級日式餐廳吃飯。這年頭竟然還有機會吃到美食，眞是太讓人羨慕。聽說那官員給他們加油打氣，說很期待神奈川縣特高警察的今後表現，要他們好好加油什麼的……」

那些特高警察回來之後，簡直就像變一個人。

「『果然黑崎先生說得沒錯』、『黑崎先生知道了一定會很開心』……他們常把這樣的話掛在嘴邊。」

「黑崎先生？」

「大概是某個內務省的長官吧，少爺認識嗎？」

志木給了個模稜兩可的微笑，搖搖頭。

「對了，說起我們的特高……」鳥井巡查部長輕拍手掌，似乎想起什麼。「前陣子他們來到本部很興奮，我聽見他們說了一句奇怪的話……」

——黑崎先生說得沒錯，這眞的是佐爾格事件的翻版。

「佐爾格事件？」

「是啊，不過我也只是聽說，詳情並不清楚。當時他們好幾個人圍繞著一張照片，其中一個說『這張照片就是鐵證』，另一個說『接下來只要把細川帶過來就行了』。我也不知道他們這幾句話什麼意思。」

鳥井巡查部長將雙手交叉在胸前，歪著腦袋，沒有再說下去。

4

志木回到東京，得知父親加島元造病倒了。

元造近來常與某新橋藝妓住在旅館，那天早上他沒有起床，旅館人員到房間裡表達關心，卻發現他躺在床上，發出奇怪的鼾聲。不管人員怎麼搖，他就是不醒，人員於是找來醫生。醫生一看就說他腦梗塞。

元造於是被送入醫院。

家人們接到消息，全都趕到醫院。志木也是其中之一，家人們見到志木時的反應不盡相同。有些家人依然對志木表現出敵意，就跟當年一模一樣。但也有些人表現得相當平淡，似乎已經把當年的恩怨忘得一乾二淨。家人們目前的經濟狀況，似乎也是有好有壞。所有家人們的共通點，是缺乏自信與不知所措。

加島元造就這麼在家人的圍繞下斷了氣，一次都沒有醒來。享壽八十六歲，可以算壽終正寢。放入棺材裡的時候，元造頭上的稀疏白髮梳得服服貼貼，加上臉色紅潤，比參加喪禮的人更像個活人。

元造的喪禮在橫濱的菩提寺（註）舉行三天，前來弔唁者多得驚人。社會上似乎不少人對這件事心生不滿，認爲在這種戰爭期間，不應該如此大張旗鼓地舉行喪禮。但或許是因爲元造生前做的主要是軍需生意，弔唁者不少是身穿軍服的軍官，所以沒有人敢公開譴責。

喪禮結束，志木被哥哥野瀨聰一郎找過去。聰一郎繼承了父親一手建立的公司，如今的頭銜已是社長。年近花甲的聰一郎，看起來就是個身材矮小的禿頭老人。由於兄弟兩人的年紀相差甚大，對志木來說，聰一郎是所有哥哥之中，比較好相處的一個。

聰一郎將志木帶進公司裡的社長室，屏退其他人。短短幾天，大哥的年紀彷彿老了十歲。除了安排父親元造的喪禮，他還要應付那些同父異母的弟弟妹妹，以及他們大多還活著的母親，可以想像那多累人。

兩人多年未見，此時面對面坐下來，大哥低頭啜口茶，帶著一絲歉意說出盤算。他告訴志木，今後如果還是不願意參與家族企業，就要與志木切斷家族關係。

「如果你還想留在家族裡，我可以幫你在子公司安排一個職位。」

志木聽了，帶著一抹苦笑搖搖頭。

父親元造早在志木的母親生前，就已完成財產分配。母親拿到一大筆錢，但她是個沒什麼金錢觀念的人，加上容易被騙，生前的療養及死後的喪禮都花了不少，因此幾乎沒給志木留下什麼遺產。不過對志木來說，一來現在的工作已經足夠養活自己，二來實在不想再跟這些家人扯上關係。

志木表達想法。哥哥聽完之後如釋重負。志木這些年來從不與家族往來，獨自過著無拘無束的日子，在家人們的眼裡，無疑是個異端分子。元造死後留下的這些事業，所有兄弟姊妹及他們的年老母親都想分一杯羹。爲了增加大家分到的比例，可以想像聰一郎必定承受不少「驅逐志木」的壓力。

臨走之際，志木與大哥握了手。志木心裡明白，兩人這輩子不會再見面了。

志木一個人在外頭吃了晚飯，又到會員制的酒吧喝酒。回到位於廣尾的住處時，已經是三更半夜。

志木單獨住在租來的屋裡。雖然請了個老婆婆來打理家務，但因爲每天都很晚回家，志木與老婆婆很少有機會見上一面。屋裡有電話，但老婆婆耳朵不好，志木曾經聯絡事情打回家，但老婆婆從來沒有一次接起電話。最近老婆婆打掃屋子愈來

譯註：「菩提寺」並非寺名，而是日本的一種寺院制度，指代代祭祀及埋葬祖先遺骨的寺院。

愈隨便，許多小缺點愈來愈明顯。如果在幾年前，還可以請一個年輕書生（註）來幫忙看家，但這兩年時局不好，只能節儉一點。

志木拿著從外國進口的威士忌酒瓶及酒杯，走進書房。他坐在椅子上，一隻手鬆開黑色領帶。在杯裡倒了一些威士忌，並沒有摻水，直接拿起來喝一口。雪莉桶的香氣滑過喉嚨，他吁了一口長氣。

這陣子由於父親元造住院及過世，每天都非常忙碌，然而內心深處牽掛著一件事情。

佐爾格事件的翻版。

神奈川縣特高說的這句話，到底什麼意思？

志木需要一段獨處時間，才能好好思考這個問題。他坐在書桌前，將「目前知道的事情」與「想不明白的事情」一一寫在卡片上，然後排列在一張白紙上，以線條將相關卡片連接在一起。志木從小就喜歡藉由這種方式來釐清問題，這有助於理解每件事情的關係，以及看清整體局勢。

志木放下酒杯，從抽屜裡取出一些空白卡片及一張白紙，攤開放在桌上。

首先關於「佐爾格事件」，志木寫下「目前知道的事情」，依照先後順序排列卡片。

這是一起打從去年就在國內鬧得沸沸揚揚的國際間諜組織事件。

整起事件的肇因，發生在昭和十六年（一九四一年）九月二十八日。自美國返回日本的北林友，與其丈夫在和歌山縣遭到逮捕。理由是北林友在滯留美國期間，與美國的共產黨有往來，違反了《治安維持法》。遠在美國的事情，很難想像到底怎麼查出來的，顯然有人在特高的面前將她「出賣」了。警視廳特高部立刻將這對夫妻移送至東京，並且搜索住處。

十月十日，一個名叫宮城與德的人物遭到逮捕，理由是他與北林友有信件往來。他在築地警署企圖跳樓自殺，但沒有成功。特高認爲這個舉動反而證明了他的心虛，於是逐一清查每個在案發之後到過他家的人物。

特高發現一個令人意外的名字，那就是尾崎秀實。這個人曾經是東京朝日新聞社的記者，也當過滿鐵經濟調查局囑託員工（註）。日本與中國開戰之後，尾崎成爲近衛文麿的顧問，在近衛內閣中的頭銜爲「內閣囑託」。

特高接著清查尾崎秀實的朋友，便發現理查・佐爾格這號人物。佐爾格以德國著名報紙《法蘭克福報》特派員的身分來到日本，獲得當時的德國駐日大使尤金・

譯註：此處的「書生」指的是住在主人的家裡，幫忙看家或處理雜務的學生。多見於明治、大正及昭和年代初期。

奧特的信賴，能夠用顧問身分自由進出德國大使館。

倘若尾崎與佐爾格眞的是來自共產主義世界的間諜，這意味著多年來日本的軍事、政治、經濟等各方面的國策方針，以及日本與德國的機密情報，全被蘇聯掌握得一清二楚。

原本特高想要追查的，只是北林友一夥人與美國共產黨之間的關係，稱不上大案子。但當尾崎、佐爾格的名字出現時，案情急轉直下，演變成「國際間諜組織成員一一浮上檯面」的重大案件。

十月十五日，特高逮捕尾崎秀實。

十六日，近衛內閣總辭。

表面理由是「針對與美國的和戰問題，閣員意見不一致」，實際上是日本國策方針洩漏給蘇聯，近衛首相負起政治責任。

十七日，重臣會議選出憲兵隊出身的東條英機接替近衛擔任首相一職。東條在二十四小時之內就完成組閣，就任首相。其後東條又晉升陸軍大將，同時兼任首相、陸軍大臣及內務大臣，一手掌握軍權與警察權。

十月十八日，特高逮捕理查・佐爾格。

政府全面封鎖「佐爾格事件」的消息，展開調查，逮捕大量涉案人士。

這起事件被隱瞞七個月，隔年的昭和十七年五月十六日，才以「逮捕國際間諜組織」爲名義對外公布，各大報社皆下了聳動標題，開始大肆報導。

如今尾崎、佐爾格正在東京地方法院接受審判。現況下兩人都會判處死刑……以上就是現階段已知的「佐爾格事件」來龍去脈。

志木注視著排列在桌上的卡片，將案情輸入腦海。

接著，輪到和田描述的「神奈川縣特高事件」。近來他的朋友及熟人相繼消失，最大的疑點是這些人明明住在東京也在東京上班，爲什麼逮捕及拘留他們的不是東京警視廳，而是神奈川縣警察？

根據和田留下的便條紙，在五月二十六日這天，有中央公論社及改造社的編輯，還有總部在東京的報社記者都被逮捕了。

事實上在同一時期，滿鐵東京分公司調查室也有三名職員消失，日期分別是五月十一日及二十六日。一查之下，這三人果然被神奈川縣警察帶走。

根據長年擔任神奈川縣警察的鳥井巡查部長描述，「其他還有好幾個像高知識分子的人，從東京帶到神奈川，每天遭受嚴厲盤問」。

譯註：「囑託員工」指的是沒有正式僱用關係，也沒有經過正式任命的臨時員工。

志木盯著排列在桌上的兩組卡片，陷入沉思。

「佐爾格事件」的主要人物，是經常進出德國大使館的理查・佐爾格，以及擔任近衛首相顧問的尾崎秀實。這兩個人將他們蒐集到的日德雙方機密情報都送往外國，而且不是友好的德國，是敵國蘇聯。相關人士聽到這個消息，都嚇得如熱鍋螞蟻。如此膽大妄爲的間諜活動，算世間罕見。

另一方面，「神奈川特高事件」的涉案關係人中沒一個是外國人，而且看不出來與間諜活動有關聯。

神奈川縣警察本部那些特高，到底從哪裡看出這個事件與「佐爾格事件」的相似之處？

爲什麼他們認爲這是「佐爾格事件的翻版」？

志木想來想去，還是想不出兩起事件的交集。兩組卡片間，連一條共同的線都畫不上。

志木舉起杯子，啜了一口威士忌，皺起眉頭。

如果在數年前，佐爾格這樣的間諜確實有活動空間。但自從前年年底爆發太平洋戰爭（註），外國人幾乎不可能在日本國內從事間諜活動。因爲開戰不久前，絕大部分的外國人都在政府勸告下離開日本。即便是留在日本的少數外國人，居住地及交通移動也都受到嚴格限制。而且外國人不管走到哪裡，都會引來地方居民的懷疑。絕對不可能再出現像當年佐爾格那樣的外國人間諜活動。

何況現在的東條內閣又名「憲兵內閣」，奉行名副其實的現役軍人至上主義。他們將軍人以外的平民百姓都冠上「地方人」的蔑稱。不管是尾崎秀實那樣的報社記者、出版社編輯，還是被軍方視爲「共產主義溫床」的滿鐵調查室職員，都不可能成爲內閣官員的顧問。

情報完全封鎖，這樣還要從事間諜活動是天方夜譚。

這麼說來……不是間諜活動？

志木將酒杯抵在額頭上，回想當初在眞鶴的別墅裡，鳥井巡查部長說的話，試著在腦中整理疑點。

——自從那些特高去一趟東京回來，簡直像換了人格。

鳥井巡查部長有這麼一句話。

今年四月底或五月初時，數名神奈川縣特高被召喚至東京，與內務省的官員在高級日式餐廳吃飯。內務省官員據說姓黑崎，當時爲他們加油打氣，說很期待神奈

譯註：「太平洋戰爭」是日本人對第二次世界大戰中一部分戰區的稱呼。主要指一九四一年日本偷襲美國珍珠港之後，日本與美國在太平洋上的大小戰役。

川縣特高警察的今後表現……

志木又取出空白卡片，寫上新的疑點。

「內務省的官員（黑崎？）爲什麼特地把神奈川縣特高召喚至東京？」

志木把這張卡片放在目前還看不出關聯的兩組卡片中間。

還有一個疑點。

那些神奈川縣特高說過「接下來只要把細川帶過來就行了」、「這張照片就是鐵證」之類的話。

從前後文來看，「細川」是人名。

志木從書架取下資料，翻來翻去，找到可能符合條件的問題文章。

綜合性月刊《改造》去年八月號及九月號，刊載一篇名爲《世界史的動向與日本》的論文，作者名叫細川嘉六。這篇論文從古代希臘、羅馬開始分析世界史，最後說到當前的世界局勢與日本的殖民政策，是頗有抱負心的論文。

這篇論文當初通過內務省審查，刊登在《改造》上。沒想到雜誌發行之後引來軍方批判。

「此論文全面否定日本的指導立場，鼓吹反戰主義，在此戰爭時期巧妙煽動共產思想」。

陸軍報導部作出如此評論，刊載論文的《改造》遭禁，作者細川嘉六也因違反《治安維持法》而被東京警視廳逮捕。其後《改造》編輯部被迫解散，徹底改變原本的「自由主義編輯方針」。

倘若鳥井巡查部長聽見的「細川」就是細川嘉六，那麼神奈川縣特高說的「把細川帶過來」，應該就是將細川嘉六「從東京的警視廳移送至神奈川縣警察本部」。問題是已經關押在東京的嫌犯，為什麼特地移送到其他縣？

另一點，志木也摸不著頭緒。

——那些特高們圍繞著一張照片，說了「這張照片就是鐵證」。

鳥井巡查部長這段描述，又是什麼意思？

志木當時追問一句：「能不能說得詳細一點？」鳥井巡查部長側著頭，聳聳肩膀：「那張照片我也沒有看得很清楚，好像是一群穿著浴衣（註）的男人……大概六、七個人吧，看不出可疑之處。」

六、七個身穿浴衣的男人照片？跟細川有關係嗎？

一個埋藏在內心角落的記憶，猛然浮上心頭。

譯註：「浴衣」是一種簡便形式的和服，多於夏季或洗完澡後穿著。

有個叫西澤富夫的人物在滿鐵東京分公司工作，他是志木的同事。他是在五月十一日「消失」的人物之一，也是被神奈川縣特高帶走。

志木和他沒有什麼交情，但在同一個部門內工作，多少有些接觸。去年年底的時候，西澤在滿鐵東京分公司的辦公室裡，拿出一張照片給其他同事看。志木剛好從旁邊走過瞥了一眼。那時候西澤得意洋洋地對同事們說「旁邊這位就是細川先生」。志木回想那張照片裡頭正是六、七個身穿浴衣的男人，與鳥井巡查部長的描述如出一轍。

志木苦惱著。

他從後方走過，因爲沒有興趣，沒湊前細看。除了「細川先生」跟「六、七個身穿浴衣的男人」之外，跟這次的事情也沒有共通點。何況細川嘉六去年九月就被警視廳逮捕了，而西澤則是今年五月才被神奈川縣特高逮捕，日期相距太遠，不太可能是同一起事件……

志木聳聳肩，將桌上的卡片胡亂混在一起，推到桌邊。

太晚了，明天再想吧。

志木從椅子上站起時，偶然朝桌上那雜亂堆疊的卡片瞥一眼。驀然間，黑暗中閃過一絲火光。

等等，我搞不好一開始就錯了。

志木重新坐下來。

自己整晚的推理是把所有要素寫在卡片上加以分類，合理推測彼此的關聯。但現實世界的主角是神奈川縣特高，他們是一群會把竹刀、木杖、棍棒、細繩、水管、水桶等道具帶進偵訊室，就算將嫌犯整得渾身是血也不當一回事的人。

面對這樣一群人，想理解他們行爲卻依賴合理推測，這不是正確策略。

想要知道那些人在想什麼，不是依賴理性分析及推論，而是「東條內閣的瘋狂算術」——也就是一臉認眞地說出「戰爭時期的日本算術，2＋2應該等於7」且絲毫不感到羞愧的心態。

志木將散亂在桌上的卡片聚攏，拿在手上。

集中精神思考神奈川縣特高此時此刻的立場。

關鍵並不在眞相是什麼，而是他們看見什麼。

志木重新將卡片排列在桌上。

5

「戰爭時期的日本算術，2＋2應該等於7。」

「讓飛機飛上天的不是油，而是日本精神。」

「那些軍人都以爲馬克思是俄國人。」

「讀杜斯妥也夫斯基的小說，就會染上共產思想。」

「別沒趕上巴士（註一）。」

「敷島之道（註二）。」

「絕對國防圈。」

「不足不足籌劃不足。」

「國民精神總動員。」

「尊王攘夷特輯讓我深受感動。」

「我軍並非撤退，而是轉進。」

「贏得最後勝利之前，不能追求欲望。」

「鬼畜美英。」

「不破敵軍終不還。」

……

此時此刻自己需要的，是「排除理性的推論」。

轉換心態之後，志木毫不猶豫地將卡片排列到最適當的位置上，連自己也難以置信。接著他提筆將關連的卡片畫線連接。

兩組卡片一下子就出現錯綜複雜的線條。

線條交錯，有些卡片的連結完全料想不到。

志木幾乎將臉湊在桌面，不停尋找著卡片之間的關聯。

不知過多久，關係圖終於「大功告成」。志木拋下筆，吁了口氣。抬起上半身，瀏覽攤開在桌上的整張圖。

兩組卡片的線條形成有意義的連結，整個結構就像一幅巨大的圖畫。

譯註一：「別沒趕上巴士」是一九四〇年代的流行語，原指各政黨爭相迎合新政府體制，後引申為迎頭趕上當時的國際局勢。

譯註二：「敷島之道」的原意是「和歌之道」，但由於「敷島」可引申為日本，而且日本在明治時期有一艘戰艦名為「敷島」，在日俄戰爭中相當活躍，因此「敷島之道」的意思後來又轉變為日本的勝利之道。

「佐爾格事件」與「神奈川縣特高事件」。

這兩起事件的形狀變得非常相似，宛如兩棵雙生的火焰樹。

藉由兩組卡片之間描繪的圖案，事件關聯一目瞭然。

志木望向圖案中一個點。

——神奈川縣特高事件的肇因，源自於陸軍報導部所舉辦的「六日會」。

今年四月的「六日會」上，主持的陸軍現役軍官批評《中央公論》連載的谷崎潤一郎小說《細雪》是「讓國民喪失戰意的無用小說」。加上所有雜誌裡頭，只有《中央公論》沒有在三月號的封面放上陸軍紀念日標語「不破敵軍終不還」，被批評是「蓄意挑釁軍方」。最後軍官還宣布：「《中央公論》編輯今後禁止進出大本營陸軍報導部。」

中央公論社爲了讓軍方息怒，決定停止《細雪》的連載，總編輯引咎停職，編輯部解散重組，連已經完成編輯作業的《中央公論》七月號也廢刊，這才讓軍方收回「禁止進出大本營陸軍報導部」的處罰。

但照常理來想，這種事打從一開始就不應該發生。

日本國內的定期刊物，在發行前，都必須送交內務省接受審查。《中央公論》三月號當初在發行前，當然已經完成審查。既然是內務省已經完成審查並核發許可的出版物，陸軍卻大肆抨擊，這是很嚴重的越權行爲。

然而現實是陸軍報導部將《中央公論》三月號臭罵一頓，中央公論社完全沒有任何辯白或反駁，直接解散編輯部並宣布七月號廢刊。這一來一往，形成「陸軍的判斷才是對的，內務省的審查不夠周延」的輿論風氣。

對於內務省的官員而言，這個屈辱堪比前一年九月《改造》刊載細川嘉六的論文卻遭禁刊的事件。

國內社會大眾的思想問題，原本是歸內務省管轄，但自從發生「佐爾格事件」後，軍方開始出手干預。「佐爾格事件」導致共產主義的國際間諜組織在日本的決策中樞偷雞摸狗長達十年，近衛內閣引咎解散，憲兵隊出身的東條英機出任內閣總理大臣、內務大臣及陸軍大臣，一人身兼數個要職。這麼一來，原本應該由內務大臣指揮的特高警察，與原本應該由陸軍大臣指揮的憲兵隊，被納入相同的指揮系統。接下來東條還下令讓自己一手打造的憲兵隊（原本負責的工作，應該是取締軍隊內部的違法行徑）成爲思想警察，負責取締社會上的反體制言論。如此一來，國內的言論思想問題分別受到內務省及軍方雙重箝制。

兩個官僚組織形成競爭關係，雙方都害怕己方被當成無用組織。因爲這代表組織勢必面臨縮編的命運。本來盡可能避免做錯事，就是官僚的本能心態，更何況一且做錯事就可能讓組織失去存在意義，那更是避之唯恐不及。

雙方都不允許自己內部犯下一絲一毫的錯誤。

內務省重新檢視特高內部處理過的案件，發現神奈川縣警察本部的管區內，有一個案子或許會演變成「佐爾格事件的翻版」。雖然只是蛛絲馬跡，完全沒有明確證據，但內務省寧可錯殺一百，也不放過一個。總而言之，絕對不能讓陸軍捷足先登。

內務省那個姓黑崎的官員，特地把神奈川縣的特高召喚到東京，請他們在高級日式餐廳吃飯，給他們加油打氣，想必正是基於這個理由。

問題在於，內務省官員發現的「神奈川縣特高事件」到底是什麼呢？

志木讓自己站在內務官員的立場審視資料，成功看出端倪。

去年九月，非官方調查組織「世界經濟調查會」資料課主任川田壽遭神奈川縣特高逮捕。川田年輕時就讀美國的大學，畢業後一直留在美國研究勞工問題，後來日本與美國的關係愈來愈緊張，他才回到日本。一個與外務省有合作的調查組織「世界經濟調查會」聘用川田爲資料課主任，沒想到過不久，神奈川縣特高突然將川田帶走，理由是當初他抵達橫濱港時寄放在船公司倉庫內的行李裡頭，被人發現藏有「宣揚共產主義的書籍」。可想而知，多半有人向特高打了小報告。

同一天，與川田一同從美國歸來的妻子定子也遭到逮捕。特高懷疑這對夫妻是美國的共產黨員。後來川田夫妻的親朋好友也陸續遭到逮捕，被帶回神奈川縣警察本部接受偵訊。

「佐爾格事件」的肇始，北林友也因爲有人告發而被逮捕。北林友也去過美國。川田夫婦跟北林友一樣，都是遭不明人士告發。換句話說，川田夫妻可能扮演著與北林友相同的角色……

就算可能性不高，只要有一絲一毫，就必須追查清楚。於是內務省的官員將神奈川縣特高召至東京，請他們到高級日式料理餐廳吃飯並鼓勵。官員對特高的說法，或許只是「川田這個案子，與佐爾格事件有相似之處，你們要好好查清楚」。但聽在神奈川縣特高的耳裡，誤以爲「內務省長官認定這是佐爾格事件的翻版」。既然是內務省高官親口說的，那肯定不會錯。於是這些特高從東京回到神奈川，立刻全力調查這起「大案子」，徹底找出涉案嫌疑人。

五月十一日，特高進行第一次大規模逮捕行動，逮捕五個人。其中三名與川田壽任職的「世界經濟調查會」有關，另兩名與川田的朋友青木了一有關。青木從美國紐約大學克拉克研究所畢業後歸國，現任職於滿鐵東京分公司。

接下來，就牽扯到那張照片了。

志木拿起威士忌酒杯，凝神細看桌面上卡片形成的複雜關係。

特高找上滿鐵東京分公司調查室的西澤富夫，搜索西澤住處，扣押一張照片。照片裡有七個身穿浴衣的男人。西澤就站在照片中央，他旁邊站著一個目光銳利、身材矮小的中年人。特高一查，發現那是評論家細川嘉六。

神奈川縣的特高一見到那張照片，全都臉色大變。

因爲前陣子內務省的高官黑崎邀請眾人到東京吃飯時，確實提到細川嘉六這號人物。

「那個姓細川的把我們害慘了。負責圖書審查的人員，只讀了他論文的開場白，覺得沒什麼問題就放行了。後來雜誌出刊才知道被騙了，那是一篇不能放行的論文。」

黑崎肯定是皺起眉頭，悒悒不已。

——細川讓黑崎先生這麼頭疼，肯定是反社會的大壞蛋。這群人想重建共產黨，細川嘉六是主謀，這張照片就是最好的證據。

神奈川縣特高取得照片後氣勢大振，在同月二十六日發動第二次大規模逮捕。這次的逮捕對象，主要是照片中的人及拍照者。其中包含細川在內，三名先前便已逮捕。剩下五名，任職的單位不是出版社就是報社，是一群與細川有深厚交情的年輕編輯……

以上就是「神奈川特高事件」的來龍去脈。這起事件讓中央公論社的年輕編輯和田喜太郎陷入恐慌，在上野動物園向志木求助。

志木仰靠在椅背上，雙手在後腦杓交握。

他望著天花板，吐出胸中一口濁氣。

接著移動視線，朝桌上的圖案又看一眼。

線條完美串聯，往事先完全沒有想到的方向延伸，而且緊緊纏繞，甚至能夠以「美」形容。

一幅美麗的圖案。一起事件的完整示意圖。然而皆來自主觀推測和天馬行空的想像，還有不合常理的邏輯。換句話說，這是一起憑空幻想的事件。

——這就是「佐爾格事件的翻版」？未免太荒謬了！

志木揚起諷刺的笑意。

三歲孩童玩「間諜遊戲」，將事情搞得這麼大的神奈川縣特高則在玩「抓間諜遊戲」。拿一張照片就當證據抓人，還有什麼做不出來？那就像一個孩子在黑暗裡聽見怪聲，心裡害怕就舉起槍來掃射。天亮一看才傻住了。眼前都是屍體，家人和朋友都殺得一乾二淨。

這起事件擺明就是神奈川縣特高將內務省官員說的話過度解讀、過度反應，把事情鬧大了。

志木雙手高高舉到頭上，伸個懶腰，從椅子上起身。想得很專注，都不知道現在幾點了。或許因爲長時間從「瘋狂算術」的角度思考事情，感覺特別疲累。轉了轉頭子，果然都僵硬了。

驀然間，志木瞥見書房門口的花瓶檯上，擺著不少信件。

又來了。

他輕輕咂了個嘴。

白天打理家務的老婆婆，總有個壞習慣，喜歡把信件放在書房的花瓶檯上。志木好幾次提醒她，收進來的信件要疊整齊再放在書房的書桌上，但她就是改不掉，昨天又把信放在花瓶檯上。畢竟花瓶檯是西式家具，老婆婆可能根本沒有搞懂用途。

志木拿了信，回到桌邊。一封封仔細確認，要的放在桌上，不要的抛進廢紙簍。反正不會有重要來信，不是店家的傳單、帳單，就是請人寄來的二手書目錄。

志木突然發現一張明信片，整個人愣住。

一張圖畫明信片。雖說是圖畫，但其實是上色的黑白照片，照片裡是一頭表演雜耍的大象。翻到背面，上半是地址及收信人，下半寫了「久疏問候」、「近來過得好嗎」之類無關緊要的問候話語。署名是「尾崎」，但那是和田的字跡。

志木又將明信片翻到圖畫面。

表演雜耍的大象——整張圖和上次的明信片一模一樣，但整體印象有些許不同。

志木仔細端詳，立刻看出不同之處。

這次的大象圖片在外圍多出裝飾框，似乎是手繪。仔細一看裝飾框由許多數字組成。

又是密碼文字？可眞是麻煩。

志木一方面想著麻煩，又不由自主解讀。

他首先嘗試回想當初與和田閒聊過的那些關於密碼文字的話題。

數字型的密碼……

依照當初交談，這很可能是「解碼書」型的密碼。必須根據某本書的頁數及行數，將數字轉換成文字。

問題是該使用哪一本書？

《聖經》？不，不對。當時聊到的書，有但丁的《神曲》，以及……

志木拿著明信片。走向書房後側的書架。這棟屋裡的家具，都是當初承租的時候就有的，書架上還留有一套改造社出版的一圓書。聽說由前一個租屋者買來，本來搬走時想賣給二手書店，但後來沒賣出去。最近這兩年，這套一圓書在東京的二手書店隨處可見，幾乎氾濫。光從這一點，就可以知道改造社當初發行這套書時銷量多驚人。

《現代日本文學全集》第一冊「尾崎紅葉」。怪不得明信片署名是「尾崎」。志木哼笑一聲，將第一冊從書架上抽出。

改造社發行的一圓書《現代日本文學全集》，內頁排版分成上中下三段。明信片裝飾框上那些數字都以三個數字爲一組，分別對應頁數、段數及行數吧。志木於是一一核對數字與內頁，將數字轉換爲文字。「13－3－24」是「朝」，「3－1－16」是「い」，「18－3－1」是「し」，「20－3－14」是「春」……

所有數字都轉換成文字後，志木一瞧，不由得皺起眉頭。

朝いし春よもきえた

——淺石晴世也失蹤了（註）。

「淺石晴世」是任職中央公論社的年輕編輯，年紀與和田相同。從前罹患過肺結核，瘦得像皮包骨，一看就是手無縛雞之力的青年。東京大學國史科畢業，與志木、和田同樣是政治經濟研究會的成員。志木沒和他說過話，只見過他這個人。光從和田這密碼文字，就可以感受到他的恐懼。

「簡直就像是……有一天突然被吸進了黑暗的深淵裡……」他這麼說過。

淺石難道也被神奈川縣特高逮捕了？

志木不禁思考起來。原以為和田拜託調查的神奈川縣特高事件，已經查得水落石出。但淺石晴世這個名字，並沒有出現在志木構思的事件當中。

難道我漏掉了什麼？

志木定神一看，一絲明亮的晨曦從厚重窗簾縫隙透進。不知不覺天亮了。

志木走向窗邊，拉開窗簾。

耀眼的陽光，讓他瞇起雙眼。

轉頭望向書桌，他忽地倒抽一口涼氣。

桌上竟然有一幅從來沒見過的畫。

不，不對。那不是新的畫。只是反射晨曦，黑色和白色彷彿顛倒過來。

志木花了整晚畫出的關係圖，如今呈現出完全不同的面貌。

譯註：日文中「朝」與「淺」同音，「春」與「晴」同音。

就像一幅運用視覺騙術的畫作。

看起來是年輕少婦，但從不同角度觀看，卻變成死神的臉。

志木驟然感到寒意竄上背脊。

6

志木雙手抵著書桌兩端，身體湊到卡片上方，重新審視花整晚才畫好的關係圖。

他的視線掃過每一條纏繞得錯綜複雜的線。這幅「佐爾格事件的翻版」關係圖，串起卡片的線條完全依據「不合常理的邏輯」以及「瘋狂算術」。

但……光靠這些不夠。

志木緊咬著牙齒，陷入沉思。

自己心中的「瘋狂算術」是「2＋2等於7」。這已經極度不合理了，但東條內閣的「瘋狂算術」不是這種程度而已。

2＋2等於80。

特高對嫌犯的偵訊，並不是想要知道「眞相」，而是想要讓嫌犯親口說出他們心中那些不連貫的「假象」。除此之外，特高心中不存在其他事實……

志木仔細端詳和田寄來的明信片，又發現另一條線索。

明信片上署名「尾崎」，是因爲解碼書爲改造社的一圓書《現代日本文學全集》第一冊「尾崎紅葉」——直到剛剛爲止，志木都這麼認爲。但其實光靠與和田的對話就足以確認解碼書，根本不需要署名「尾崎」這個提示。這或許代表……

志木又想到新的可能性，趕緊拿出數張空白卡片。其中一張寫上最近遭逮捕的「淺石晴世」，加入事件關係圖。當然從理性的角度來看，這整起事件與淺石晴世這個人根本不可能有關。

但從「2＋2等於80」的邏輯來看，結論截然不同。

志木拿起「尾崎秀實」這張卡片，放在關係圖的右上角。這個人是近衛內閣的顧問，在佐爾格事件中算最核心的人物之一。

尾崎秀實在「昭和塾」擔任過講師。

——淺石晴世和我在學生時期都參加過「昭和塾」，我們就是在那裡認識的。

志木回想起和田說過這樣的話。

尾崎秀實—昭和塾—淺石晴世。

倘若淺石是因爲這個理由遭逮捕……

志木又寫下好幾張卡片放入關係圖，並且在卡片之間畫上代表相關的線條。整起事件的「領地」如潑出的水，在桌面上不斷擴散。

關鍵在於「昭和塾」。

尾崎遭到逮捕後，「昭和塾」表面上被迫解散，但有些人覺得這個組織還有潛力，解散實在太可惜了。因此「昭和塾」實際上並沒有解散，而是換一個名字持續運作。

那就是和田和志木參加的「政治經濟研究會」。

因此在最新的「佐爾格事件翻版」相關圖中，如今可以多補上志木、和田喜太郎等十名左右的「政治經濟研究會」成員。

……這有些異想天開了。

志木丟下筆苦笑。雖然臉上掛著笑容，志木卻感到臉頰肌肉極度僵硬。

對特高來說，眞相不重要。

志木在公司有個綽號叫「voyant」，意思是「先知」或「旁觀者」。志木很喜歡這個綽號。但是……因爲阿波羅的詛咒而擁有預知能力的特洛伊公主卡珊德拉，雖然預言了祖國的滅亡，卻沒有人相信，後來淪爲奴隸，還慘遭殺害。

《大日本帝國憲法》第二十三條規定，「日本臣民，非依法律，不得逮捕，拘禁，審問，處罰」。

但到美日開戰前夕的昭和十六年三月，政府修改《治安維持法》，導入預防拘禁條款，憲法第二十三條「非依法律」的限制亦遭到刪除。如此一來，只要是特高或憲兵認定的「犯罪嫌疑人」，就能夠「逮捕、拘禁、審問、處罰」。

這正是神奈川縣特高在做的事。隨著《治安維持法》的修訂，他們擁有「為所欲為」的權力。就好像把殺傷力極強的武器交到一群孩童手上。

日本的高知識分子……應該說包含志木在內的「政治經濟研究會」成員，其實早就知道社會局勢會演變成這樣。明明知道，卻沒有設法阻止，只是當成酒宴上談笑的話題。

有一個設問，在研究會的成員間常提出來討論。

假如敵方士兵混入百姓，我軍如何避免遭敵方士兵攻擊？

答案是「全部殺死」。

只要將百姓及敵方士兵全部殺死，我軍就可以高枕無憂。理論上合情合理。但說穿了，這就是「瘋狂算術」。

對日本民眾來說，「是不是真相」根本不重要。

反智主義的風氣席捲整個社會。

高知識分子總以高高在上的姿態看待世事，以為自己與一般百姓不同。正是這樣的觀念，演變出今天的局面。「voyant」、先知、旁觀者。能夠預知未來的公主卡珊德拉。永遠只是理解與批評，除此之外什麼也不做，最後就是連自己也被黑暗吞沒……

刺耳的敲門聲，從剛剛就一直響個不停。

志木失魂般起身走向門口。

他下意識地朝明信片上的郵局戳章瞥了一眼。

遞送日期竟然是十多天前。顯然從和田寄出到送達志木的住處之前，這封明信片一直被人扣住了。

志木過世的父親加島元造，雖然是頗具爭議的人物，但不可否認他在神奈川縣警察本部內擁有相當多人脈。和田寄出的這張明信片，是在志木參加完父親的喪禮且遭大哥宣告斷絕家族關係之後，才寄到志木住處。這代表什麼意思，可說是非常明顯……

志木拉開大門。滿臉橫肉的男人站在眼前。男人的後方還站著好幾個男人，每個都目露凶光。

「你是志木裕一郎吧？」

志木默默點頭。男人表情沒有變化，伸手抓住志木手腕。「有一點事情想要請你說明，跟我們到神奈川縣警察本部。」男人沉著嗓子說完，低頭見到志木手中的明信片。他立刻出手奪走明信片。

「這也是證據，我們要當場扣押。」

男人朝後方使個眼色，其他男人全湧入家中。

剛送來沒多久的報紙掉在地上，被男人們一腳踢開。內頁散開。志木茫然地垂下頭。驀然間，兩排新聞文字進入視野。

預防空難，上野恩賜公園動物園內猛獸將受緊急處分。

對象包含獅子、熊、花豹、老虎、獵豹、蟒科、美洲野牛、印度象……

什麼？

志木的震驚，不亞於臉上挨一拳。

這些傢伙不僅凌虐人類，還要殺死那些體態優美勻稱的猛獸，以及溫柔聰明的大象？

志木的腦海裡浮現那展現高明雜耍技巧的大象，以及看得入神的孩子——那幼小的孩子竟是小時候的自己。

我連大象也救不了。

還敢自詡「voyant」？還敢自比預知未來的公主卡珊德拉？

志木緩緩搖了搖頭。

轉頭望向屋內，男人正粗暴地翻箱倒櫃，企圖找出藏匿在屋裡的證據。此時此刻，和田及政治經濟研究會其他成員的住處，想必也有神奈川縣特高在搜索。這次會有幾個人消失？八個？還九個？

這時想要警告他們，已經太遲了。

志木閉上雙眼。

我們的命，甚至比不過動物園的大象。

一場大屠殺揭開了序幕。

自豪

1

打開門的瞬間，駭人的惡臭竄入鼻中。

汗臭、體垢、糞尿、嘔吐物的氣味混雜在一起，形成極度作嘔的空氣，宛如濃稠的液體，在陰暗空間中流動。

參事官反射性地舉起右臂，用彎曲的手肘蓋住口鼻。

東京中野的豐多摩監獄——內部拘留所。

這裡關押長期收容人。不論已定讞或未定讞，都可能被送到這裡來。

等到眼睛逐漸能夠適應黑暗，參事官催促帶路的刑務官往前走，跟在他的身後走進建築深處。即便以袖子摀住半張臉，可怕的臭氣還是會毫不留情地鑽進來。

看來還是儘快結束今天的視察，早點離開才是上策。

「這裡的地板有點滑，請小心點走……」

身材矮小的駝背刑務官走在前面，轉頭低聲提醒。

參事官低頭望著走道地板，凝神細看打磨得油亮的黑色皮鞋周圍地面。

地面上到處是大大小小的腳印，這些腳印只有兩種顏色。不是深紅色，就是污濁的黃色。

「這地上的血和膿液，怎麼擦都擦不乾淨。」

刑務官無奈地搖搖頭。聽說被關押在這裡的囚犯都不被允許穿鞋，只能赤腳走路。愈往深處走，囚犯們發出的呻吟就愈多，充塞在整棟建築物內。啊……啊……好痛……好難受……好癢……救救我……我快死了……我需要醫生……救命啊……還有毫無意義的低吼聲，難以分辨那是人類還是野獸的聲音。

驀然，附近傳來騷動，面向走道的門突然內側打開，數人抬著擔架走出。擔架通過身旁時，參事官朝躺在擔架上的男人瞥一眼。男人睜大眼、張大口，但似乎已沒呼吸。他穿著一件骯髒襯衫，鮮血染紅大半，全身沾滿糞尿。

「那些血是跳蚤、蝨子、蚊子、蜱蟇及臭蟲害的。」

帶路的刑務官目送擔架離去，若無其事地說道。

「對了，還有疥癬。聽說一染上就癢得不得了。」

刑務官事不關己地描述起染上疥癬的慘狀。據說那會讓人不斷猛抓自己的身體，轉眼間整件囚服就會鮮血淋漓。有時刑務官早上巡視時會發現囚犯滾下床，身上沾滿自己的糞及尿，早已死透……

「能做的，我們都盡量幫忙。但畢竟關在這種地方，身上要不長那些玩意幾乎不可能。請放心，我們絕對沒有刑求或淩虐。」

矮小的刑務官輕輕聳肩，小小的眼珠閃爍著狡獪光芒。接著他上半身湊過來低聲補一句：

「反正他們都是共產主義分子，只要不是我們故意動手殺人就行了。這地方向來這樣。他們莫名其妙死了，不關我們的事。黑崎參事官，您說是吧？」

2

黑崎回到內務省，走進辦公室，朝桌上一瞥，不禁皺頭。未處理公文的盒子裡堆滿大量書籍及文件。自己只不過出去半天，就積了這麼多。

黑崎脫下大衣及帽子，掛在窗邊的帽架，坐了下來，將未處理公文盒拉到眼前。盒內的文件其實都由屬下確認過一次，有的甚至還確認了兩次。爲了讓長官用印才呈交上來，有疑慮的地方都貼上標籤紙，畫上紅線。

像這樣再三確認，就是爲了「找出共產主義思想言論」。

只要是公開的出版物，都必須由內務省圖書課檢閱組進行事前審查，而且標準非常嚴格。只要文章中使用「必然」這個詞，或是乍看具建設性的意見，卻從客觀角度將社會與資本主義特質連結在一起，或是使用「科學性」、「客觀性」、「封建性」這類字眼，都會被視爲「藏有共產主義的意識形態」。不僅文章會遭禁，作者也會受到跟蹤及監視。

即便如此，還是有許多共產主義思想言論成了漏網之魚，在社會上持續傳播。事實是否如此不得而知，至少近年來大多數日本民眾都這麼認爲。

堆積在桌上的大量文件及書籍，都來自一般民眾的告發。

黑崎拿起第一份文件，這告發的是前陣子刊登在某綜合性雜誌上的論文。論文中一再強調「奉公忘私」、「舉國一心」等思想，乍看沒有問題，可說是一篇非常典型的國威宣揚論文。但根據匿名告發者的說法，「那只是障眼法」。

「此論文作者在其服從國家的虛僞面具之下，隱藏著非常危險的思想。其證據就在通篇論文共有三處的『日本』，假名標注爲『ニホン』而非『ニッポン』（註二），這對我大日本帝國是一種侮辱，顯然企圖破壞皇國內部感情，建議立刻查禁止此論文刊登雜誌，逮捕及訊問其作者。」

匿名者如此主張。

黑崎快速瀏覽那篇論文。那三處的「ニホン」，屬下已事先畫上紅線，並且寫上建議處理方式：「嚴厲警告作者」。

黑崎蓋上核可印，放入已處理的公文盒。

最近這一類的匿名檢舉多如牛毛。例如前一陣子，黑崎讀到這麼一則信：

「『工作苦，工作是眞苦，生活日日如故，望掌嘆不悟』這首短歌（註二）強調的是沒有支付的勞動對價，顯然對民眾鼓吹共產思想，應該立刻逮捕作者。」

告發信中寫得振振有詞，卻不知道這首短歌的作者石川啄木早已作古，是要特高去哪裡逮捕？最後特高決定把告發者抓起來，理由是這個人把「勞動對價」、「民眾」這種共產思想的詞彙用得鏗鏘有力，顯然也不是什麼好東西。所謂的「匿名告發」，其實只是表面上，特高要鎖定身分易如反掌。即便如此，匿名信還是與日俱增。

黑崎拿起下一份文件，轉頭朝依然堆積如山的盒裡望一眼，微微皺起眉。直到數年前，自己都還必須投注大量經費，才能在社會上找到代替政府監視人

譯註一：日文中的「日本」一詞可讀作「ニホン（NIHON）」及「ニッポン（NIPPON）」，原本沒有意義上的差異，但二戰期間軍方及右翼團體主張應該統一為「ニッポン」，導致只要報章雜誌或廣播節目上有人將「日本」讀作「ニホン」，就可能遭到告發而背負莫須有的罪名。

譯註二：短歌（和歌）一般由五、七、五、七、七共三十一音組成，但石川啄木的這首短歌並不按照此結構，屬於比較特殊的「破調」，因此翻譯上也不採常見的和歌結構。

民的臥底告發者。而且就算找到了，還得費心費力培養。但最近這一兩年，匿名告發信實在太多，內務省的煩惱反而是沒有足夠人力來確認及篩選內容……

黑崎想到這裡，忽然聽見敲門聲，這才回過神。

「打擾了。」

辦公室的門開了，一個男人走了進來。那男人是最近才轉調到黑崎底下的部屬，臉無血色、骨瘦如柴，像道影子一樣毫無存在感。「這是今天下午的份。」部屬說，將大量文件資料放入盒內。

前面的還沒有處理完，盒內文件又堆積如山。部屬接著拿起已處理的公文盒內文件，面無表情地行一禮。轉身正要離去時，部屬突然停下動作。

黑崎沿著部屬的視線，注意到自己放在會客區矮桌上一本讀了一半的書。封面上可以清楚看見作者的名字。

「三木清？」

部屬低喃。

「我記得陸軍已經禁止這個人在雜誌上發表論文了……」

部屬回頭盯著黑崎，瞇著眼睛問道：

「他又鬧出什麼問題了嗎？」

「沒什麼問題，有點小事想確認一下。」

黑崎讀著手邊的文件，蓋章說道。

接著黑崎抬起頭，發現部屬正側著腦袋，表情有些詫異。黑崎反過來問：

「『那案子』處理得怎麼樣了？」

「……您指高倉的案子吧？很順利，快收尾了。」

「他本人沒有發現吧？」

「怎麼可能發現？」部屬輕輕笑兩聲。「那可是參事官您親自布的局，當然天衣無縫。」

露骨的諂媚，讓黑崎雙眉微蹙。

近幾年特高的舉發率每況愈下。

這可說是日本政府對共產思想分子「斬草除根」、「徹底淨化」的政策成果，本身是值得開心的事，但內務省因為數字上不好看而遭到內閣及軍方的譴責。前陣子首相還特地視察警視廳，問了一句：「今年就沒有其他案子了嗎？」

如今全國的違法共產黨組織早已徹底瓦解，特高就算想抓人，也很難找到對象。別說是找不到共產黨的協助者，就連社會上那些認同共產主義的人都抓得一乾二淨。由於純粹共產思想的主張早已從整個社會的輿論中消失，特高只好把逮捕的對象擴大至自由主義、反戰、反軍事化的認同者，以及那些打著宗教當幌子的集團。但即便《治安維持法》可以無限擴大解釋，能夠檢舉的對象也是寥寥可數，處於枯竭狀態。內務省不斷展開宣傳，鼓勵民眾互相檢舉，告發生活周遭的共產主義、自由主義、反軍事反戰爭主義分子。但到頭來只是增加工作量，並沒有獲得實際成果。套一句俗話，這就叫「巧婦難爲無米之炊」吧。

問題是內務省又不能完全無視軍方及首相的譴責與督促，於是黑崎採取一個策略。

那就是將一些特高逮捕且正在偵訊的共產主義分子，放到社會上自由遊走。

這個策略的重點，在於絕對不能讓當事人察覺這是陷阱。

必須讓他們以爲一切都出於他們的自由意志。

要做到這一點，首先須讓當事人恐懼。例如當有親友送便當給拘留的當事人時，特高會故意用報紙把便當包起來。遭到拘留的高知識分子，基本上都會對文字極度飢渴。因此當他們拿到便當時，一定會仔細閱讀包便當用的報紙。但那其實是特製報紙，上頭的新聞是德國的共產主義分子受蓋世太保（註）訊問時遭凌虐而死。當事人讀了報紙，會把新聞描述投射在自己身上，害怕得全身發抖。

接下來，負責偵訊的特高會假裝自己是個糊塗鬼，經常因爲拉肚子而離席，久久沒有回來。

感到強烈恐懼的當事人，一旦獲得逃走的機會，就會基於自由意志逃走。類似的手法，過去做了四次，目前是第五次。這次的對象是個姓「高倉」的人物。故意放他逃走，卻讓特高暗中跟蹤，任由他在社會上自由遊走一段日子。只要控制當事人事先能夠掌握的訊息，再配置一些穿制服的警察在特定地點，大致上可以控制當事人的逃亡路線。人民自以爲的「自由意志」，其實也就是這種程度。在當事人的逃亡期間，任何與當事人有過接觸的人物，事後都會遭到逮捕，罪名是窩藏逃犯及幫助逃亡。而逃亡的當事人，則會被視爲不肯悔改的共產主義分子。至於與當事人接觸的人物是否信奉共產主義，一點也不重要。

這樣的灌水手法，可以提升特高的帳面業績。遭逮捕的那些人事後如何處理也不需要煩惱。反正現在全國每座監獄都人滿爲患。因爲預算不足，監獄內部環境愈來愈惡劣的問題令人詬病。所以遭到逮捕的人大多只會關上一陣子，就會獲得釋放。這麼做的目的只是要提升眼下的告發率，好讓軍方及首相停止抱怨，其他的事情都不是重點。

譯註：「蓋世太保」（Gestapo）是納粹德國時期的祕密警察，相當於日本二戰期間的憲兵及特高。

但假如放出去之後逃得不知下落，那就弄巧成拙了。

「一定要非常謹愼小心。」

「我明白。」

屬下揚起嘴角，朝黑崎輕輕點頭鞠躬，走出辦公室。

門關上的瞬間，黑崎心中驀然感到一抹不安。總覺得好像忘掉重要的事情。

黑崎從椅子上站起來，走過書桌旁，到會客區的矮桌前。

他拿起了放在矮桌的那本書。《帕斯卡對人的研究》。十九年前，三木清在二十九歲時出版的出道作。

黑崎翻開書本，指尖在頁面上輕滑。

……禁止這個人在雜誌上發表論文……

部屬說出這句話時，臉上譏諷的笑意浮現在黑崎心頭。

從前的三木清，在國內可是鼎鼎大名，號稱在野的哲學家及評論家。但如今不僅是軍方，帝國大學那些教授也對他避之唯恐不及。

黑崎身爲內務省參事官，手握調度特高警察的大權，負責管轄日本國內的思想問題。但誰也不知道，黑崎的辦公室有全套三木清著作，他極度重視這幾本書。

3

黑崎在昭和二年（一九二七年）通過高等文官考試，進入內務省工作。後來的官僚經歷，與內務省所管轄的特高及《治安維持法》變革完全重疊。

特別高等警察——簡稱「特高」並不是取締普通犯罪的一般警察，而是專門取締「思想犯」的特殊警察單位。剛設置的時候，主要取締「思想偏激的社會主義運動者」。但自從日本共產黨受了蘇聯共產黨指示，將「廢除天皇制」當作全黨宗旨後，共產主義就成了特高的頭號大敵。

另一個與特高攜手並進的要素，則是《治安維持法》。這套法律是在大正末期與《普通選舉法》一同制定。剛開始只有七條，還有警界高官拍胸脯保證「本法案如同傳家寶刀，絕對不會頻繁援引」。但到黑崎進入內務省工作的昭和二年，「京都學連事件」（註）成了國內第一起援引此法的案例，從此特高與《治安維持法》的組合就像巨大的齒輪，開始緩緩轉動。

同年三月十五日，日本舉行第一次公民普選不久後，特高便逮捕全國所有共產黨、勞農黨等無產政黨成員，共一千五百多人在這場行動中遭到逮捕。同時政府也以「緊急敕令」的形式修改《治安維持法》，加入「爲遂行目的之行爲」之類沒有明確定義的文字，從此《治安維持法》與特高的權限與管轄範圍大幅擴張。

接下來每一年，告發人數逐年遞增。

昭和三年，因違犯《治安維持法》而遭到逮捕的人數爲三千四百人。到隔年，攀升至四千九百人。

爆發滿州事變的昭和六年，告發人數已超過一萬人。

特高由於立下許多功勞，組織人數年年膨脹。只要使用「執行取締工作所需」這個藉口，特高就可以拿到滿額的要求預算，一毛都不會被刪除。除此之外，還有幾乎隨意使用的機密費。

當時黑崎任職於內務省警保局，職場內的氣氛不僅開朗，而且充滿活力，每個同事都以爲國爲民服務感到自豪。社會正義與個人正義完全一致，而實現正義就是自己每天的工作，要找到這樣的職場可是極不容易。

雖然每天忙到幾乎沒時間睡覺，但每個同事都認爲這是非常有意義的工作。

配屬於各縣的特高警察，內心應該也抱持著相同想法。內務省警保局與各縣警察本部特高課團結一心，所有人都以「徹底取締企圖變更國體的不法之徒，實現社會正義」爲己任。爲了天下國家及天皇陛下貢獻一己之力，讓每個人都深自引以爲傲。

短短幾年內，內務省與特高就聯手瓦解「企圖變更國體」的日本共產黨。

接下來的目標，是那些戲稱爲「共產黨蓄水池」的外圍組織及團體。企圖破壞國體的危險分子必須斬草除根。日本工會全國協議會、日本無產階級文化聯盟、日本赤色救援會、日本勞農律師團、大學教師、法官。危險分子潛藏在社會上的每個角落。根據各縣特高的回報，許多工廠勞工、農民乃至於國小老師，都可能是赤化分子，其嚴重性到瞠目結舌的程度。

特高以《治安維持法》作爲武器，陸續告發社會上的共產主義分子。每個人都深信這讓我們的社會愈來愈好。

連黑崎也不知道，到底何時開始失控。

特高在偵訊過程中的不當行爲，在初期便出現徵兆。站在第一線的特高們，都將逮捕的嫌犯認定爲「萬惡的社會之敵」。因此在偵訊過程中，往往會出現違背《刑事訴訟法》且不符合現代思想的野蠻行爲。當然，警察執法過當的現象普遍，並非只出現在特高身上。但一般警察即便逮捕強盜、殺人等凶惡犯罪者，在問話中

譯註：「京都學連事件」指從一九二五年起，京都帝國大學與同志社大學的學生社團因研究馬克思主義而遭到打壓、清算的事件。這是日本內地第一起援引《治安維持法》的事件。

還是可以體會及理解這些人犯罪動機及前因後果。俗話說「強盜也有三分理」，警察或多或少對嫌犯產生一些同情。

相較之下，特高在面對「企圖變更國體的危險共產主義分子」時，完全沒辦法理解其犯罪動機及心態，當然不會有所謂的「三分理」。這些傢伙都是壞蛋，是毫無同情餘地的大壞蛋。共產主義是萬惡思想，絕對不能嘗試理解。每個特高都抱著這樣的觀念看待共產主義分子，因此執法過當的情況比一般警察嚴重。

早在《治安維持法》開始運作的時期，就有議員在國會上針對特高執法過當的問題提出質疑。負責答辯的內務次官，徹底否認特高在偵訊中有任何刑求之類的暴力行爲。但後來特高的暴力行爲逐漸常態化，手段愈來愈凶殘，終於導致嫌犯在過程中死亡。

包含黑崎在內的所有內務省官員，一方面箝制新聞報導向社會大眾隱蔽眞相，一方面向第一線的特高人員下達指示：「偵訊應以思想矯正爲最大目的，當竭力避免有死亡之虞的暴力行爲」。

然而第一線的特高接獲指示後，完全曲解內務省的意思。他們揣摩上意，誤以爲長官的意思是「不要留下刑求證據，設法捏造嫌犯並非在警署內死亡的假象」。基於這樣的認知，特高再也不向上級呈報眞相。

站在另一個角度，這件事情不能全怪第一線的特高。

隨著組織擴編，特高人數大幅增加。而且自從東條內閣執政，憲兵隊將國內思想問題也納入職務範圍，與陸軍情報局一同執行取締不當言論的工作。

但原本想要取締的共產黨早已瓦解，社會氛圍讓共產主義思想沒有一絲一毫的生存空間。這形成「僧多粥少」的可笑狀態，特高與憲兵必須互相爭奪當前社會上那少得可憐的嫌犯。一旦拿不出業績，組織就會縮編。就連首相也親口詢問：「今年就沒有其他案子了嗎？」可見得業績壓力多麼巨大。在這樣的局勢下，內務省卻要求特高自律，這與特高心中認知的現況互相矛盾，他們當然作出完全相反的揣測，認為長官的話另有深意。

不管是軍隊或是官僚組織，都不存在縮小組織規模的自發性機能。任何組織一旦誕生，就會隱藏無限擴張的欲望。

《治安維持法》的數次修訂及擴大解釋，讓特高的取締對象一再擴張。目標告發人數形成的業績壓力，讓整個組織對許多不合法的調查行動睜一隻眼閉一隻眼。這幾年第一線的特高呈交上來的報告書中，包含大量不合常理的嫌犯自白。

前些日子黑崎才偷偷進行了一次內部調查。

因違反《治安維持法》而遭特高逮捕的人數，多達六萬五千人。但後來眞正遭到起訴的人數，只有六千五百人，約十分之一。而且有數十人在逮捕至起訴的過程中，因「偵訊時的暴力行為」而死亡。

說得更明白一點，數十人遭特高凌虐致死。

不僅如此，一千多名嫌犯在拘留所內或附屬醫院死亡。這些嫌犯死因各自不同，不能一概而論，但恐怕有非常高的機率是因為偵訊的暴力行為，或是拘留所內的惡劣生活環境，導致受傷、生病或身體衰弱而死亡。

讀到這些數字，過去從不把這件事放在心上的黑崎，不由得打了個寒慄。

日本國內從不曾有任何一名嫌犯，因違反《治安維持法》而遭法院判處死刑。

「沒有人判處死刑」與「死亡人數高達一千多人」兩個現實之間有劇烈落差。而存在這兩個極端現象之間的，就是「特高的暴力行為」與「拘留所的惡劣環境」。將來要是被追究責任，負責管轄特高與拘留所的內務省恐怕難辭其咎。

黑崎拿起厚厚的資料隨意翻看。在這本由屬下製作的資料裡，出現不少黑崎熟悉的人名。這些人皆畢業於黑崎的母校，東京帝國大學。換句話說，他們與黑崎是學長、學弟，甚至是同學。黑崎記得其中數人的長相以及說話方式。

另一方面，警視廳及各縣警察本部的高層長官中，也有不少一高（註）或帝大的畢業生。這些當年在同一間教室內上課，時而激烈辯論，時而喝酒閒聊的年輕人，如今有一些成了負責取締的高官，另一些成爲取締的對象，遭到駭人刑求，慘死牢籠。

到底是什麼讓這些人的命運如此不同？

黑崎雖然擺著毫無表情的官僚臉孔，卻不禁疑惑。

荒唐可笑，並不是黑崎的感想。

上頭政策是對是錯，並不是一名官員應該思考的事情。官員唯一要思考的，是如何以最有效率的方式達成目的。但如何避免自己的組織在未來遭追究責任，也是官員必須煩惱的問題。

光看報告書上的數字，就知道內務省與特高已經因爲過度龐大而空轉。就像是一頭內部持續產生毒素的巨大生物，不斷散發出腐敗的惡臭。

隨著日軍在戰場上敗退，內務省與特高早已喪失當年開朗活力的內部氛圍。取而代之的是強烈的困惑與疲憊。隱藏在特高心中的不安與焦躁，對其偵訊時的凌虐行徑產生推波助瀾的效果。如今問題到一發不可收拾的地步，無論如何必須要在事情鬧大之前想出對策。

譯註：「一高」指舊制的第一高等學校，二戰後因學制改革而停招，校舍併入東京大學教養學部。

黑崎皺著眉頭，在資料封面蓋上機密章，放進附鎖頭的抽屜裡。此時抽屜裡塞滿了將來苗頭不對就要立刻燒毀的文件。

事態早就失控。

問題到底出在哪裡？

黑崎緩緩起身走到書架前，抽出一本厚厚的檔案夾。

檔案夾的名稱爲「三木清」。他是被內務省列爲「重點監視對象」的人物。

黑崎隨意翻開一頁讀起上頭的文字。當然，黑崎拿下這本檔案夾，並不是要確認內容。

拿到這份報告書前，黑崎就很熟悉「三木清」這個名字。這麼多年來，這個名字就像籠罩在黑崎頭頂上方的鉛黑色雲層。

4

清先生。

這是地方上的民眾對三木清的稱呼。

這是因爲在其出身地播州（現在的兵庫縣）龍野地區，姓三木的人太多了。

對於同樣出身該地的黑崎來說，「三木清」這個名字從小到大不知聽過多少次，耳朵都快長繭了。

黑崎從小就是非常聰明的孩子。就讀尋常小學校（註）時，黑崎每次考試都是全學年第一名。附近孩子中，沒一個像黑崎這麼聰明。黑崎本人也很喜歡讀書，每天上學前都會先念書，放學後也是念到天黑，從不跟朋友到處玩耍。周圍的大人經常稱讚黑崎是優秀的孩子，但稱讚完之後，總會補上一句「繼續努力下去，或許以後會像清那麼厲害」。根據那些大人們的表情，看得出來他們心裡都認為「那是不可能的事情」。

就連在公所內擔任書記官的父親也不例外。黑崎每次都考全學年第一名，但父親從不在意考試結果。他的臉上永遠只是帶著淡淡笑意，偶爾說上一句「比不上清」。黑崎一家原本是士族，到祖父那一輩為止，都是在城裡掌握權勢的人物。後來因為明治維新，家族徹底沒落。相較之下，三木清出生於富裕的農家。因為這個緣故，父親對三木清懷有敵意。父親嘲笑自己的兒子贏不了三木清那個農家孩子，說穿了只不過是安慰受傷的自尊心。小時候的黑崎，無法理解父親複雜的心理，每

譯註：「尋常小學校」是日本舊學制中的稱呼，相當於現代小學的前四年。

次聽父親說自己贏不了三木清，都會相當難過。黑崎甚至不明白，自己與三木清到底有何差別。

上了中學，黑崎好幾次在前往龍野中學的路上看見「清先生」。當時的三木清，在地方上博得「鄉黨鬼才」的稱號。他不僅身材高大，相貌凶惡，總讓黑崎心裡發毛。不過那些和三木清走在一起的同學們，也讓黑崎有相同的感覺，所以這個小時候的印象恐怕不客觀。

龍野中學的頭號秀才三木清畢業後，離開故鄉龍野，前往東京就讀第一高等學校。那時黑崎年紀還不到十歲。從此之後黑崎就一直沒有機會見到三木清，只能從地方人士口中聽到關於他的傳聞。

三木清到東京之後，身邊的同學們也都是來自全國各地的優秀學生。但三木清依然維持著首屈一指的優秀成績，其他同學都難以望其項背。他就這麼從「龍野中學的神童」，變成「一高的神童」。消息傳回龍野，地方人士都心滿意足地點頭，大讚「不愧是我們的清」。但三木清到底哪裡優秀，以及他在東京到底學些什麼，卻沒有一個人說得出所以然。

一天，一個驚人的消息從東京傳回龍野。

三木清從一高畢業後，竟然選擇進入京都帝國大學，而不是東京帝國大學。這在故鄉引起不小的騷動。因爲當時凡是成績優異的一高畢業生，必定會選擇東京帝國大學，無一例外。以第一名的成績從一高畢業的三木清，怎麼選擇京大而不是東大？地方人士都非常納悶，然而三木清完全不放在心上。他告訴家人們的理由是「我想要學習西田哲學」。地方人士當然不明白什麼是西田哲學，只是對三木清沒有選擇東京帝國大學感到扼腕不已。

但不久，證明三木清的選擇並沒有錯。

——三木清是京大創校以來首屈一指的天才！

來自京大的讚美聲傳入了龍野。

「京都帝大教授西田幾太郎的艱澀哲學思想，眾學生中唯有三木清正確理解。在著作《善的研究》中提出純粹經驗理論的西田教授，將三木清視爲愛徒。年輕的三木清，未來必定繼承享譽國際的西田教授衣缽，成爲京大哲學科的教授。」

京大創校以來首屈一指的天才。

繼承享譽國際的西田教授的衣缽。

地方人士並不清楚三木清到底哪裡厲害，只知道他眞的很厲害。

大學畢業後，三木清出國留學。東京的新興出版社岩波書店答應贊助高額的留學費用，理由是「三木清的才能值得投資」。

大正十一年，三木清離開日本，前往當時擁有最先進哲學理論的德國，預定留學期間爲三年。

在這段時間裡，黑崎不斷追趕著三木清的步伐，從龍野中學畢業後進入東京第一高等學校。雖然一度因爲關東大地震而被迫返鄉，但後來順利進入東京帝國大學。黑崎如此一帆風順，主要得歸功於自身的優異資質及勤勉向上，但不可否認，當時許多優秀的學生都因認同馬克思主義而參與左翼運動，脫離求學之路，黑崎是少數堅持下來的學生之一。

照理來說，黑崎與三木清應該有很多接觸的機會，但最後總是失之交臂。

黑崎就讀東京一高時，三木清到國外留學了。三木清返國後定居於京都，在三高及龍谷大學擔任講師，因此與就讀東京帝大的黑崎還是緣慳一面。

不過黑崎倒是聽了不少關於三木清的傳聞。

據說三木清留學德國期間，起初進入海德堡大學，師事新康德主義（註一）大師李凱爾特（註二）。隔年秋天轉學至馬爾堡大學，加入新一代著名哲學研究者海德格（註三）教授的研討課。

又過一年，三木清遷居巴黎。他在巴黎一反過去作風，不再與任何人見面，每天關在房間裡，閱讀法文書籍及思考哲學問題。

每次聽到關於三木清的傳聞，黑崎不由得嘖嘖稱奇。

三木清在日本是公認艱澀難懂的西田哲學的傳承者。到了德國，據說他能夠引用希臘文及拉丁文的古籍文獻，與當地的著名學者討論哲學議題而絲毫不落下風。據說他還在教授的介紹下，以德文在當地報紙上發表論文。到了法國，他大量閱讀法文典籍，為了回國之後發表的論文預作準備。

一個凡人怎麼能夠有如此成就？

三木清當年就讀一高的時候，確實留下許多驚人傳說。例如他除了英文之外，還兼學德文及法文，還自學希臘文及拉丁文。待在宿舍時，他大部分時間都在閱讀外國的原文書。但他對發音很不拿手，例如他經常將德文的zeitigen（到時）這個詞掛在嘴邊，但發音非常古怪，總讓旁人莞爾一笑。以上這些傳聞，都是黑崎在就讀一高時聽到的。黑崎進入一高的時間比三木清晚了八年，不管什麼樣的學生，光

譯註一：「新康德主義」（Neo-Kantianism）為十九世紀的一場哲學復興運動，主張回歸十八世紀哲學家伊曼努爾・康德（Immanuel Kant）所提出的哲學理論。

譯註二：海因里希・李凱爾特（Heinrich John Rickert，一八六三至一九三六年），德國哲學家、歷史學家。

譯註三：馬丁・海德格（Martin Heidegger，一八八九至一九七六年），德國哲學家。

是事蹟能夠在每年都有大量學生進出的學校裡流傳八年，就是一件罕見的事。

雖然有這樣的前例，但自國外回來的那些傳聞，還是令黑崎感到匪夷所思。

黑崎在學生時期與三木清見過一面。

有一次，黑崎從東京返鄉，途中去了一趟京都，拜訪從前就讀一高時的朋友——當時一高有很多學生受「先驅」三木清影響，放棄東大而選擇京大。

黑崎與朋友聊了一會，剛好聊到三木清，那朋友忽然將身體湊過來。

——你想見三木清先生嗎？我帶你去找他！

朋友的雙眼閃爍著興奮神采，顯然想要炫耀他與那名聲響亮的三木清有交情。黑崎不禁暗自苦笑。看朋友的態度，他似乎不知道自己與三木清是同鄉。仔細想想，三木清自從去了東京就很少返回故鄉龍野，而黑崎也很少向人提起故鄉。

黑崎認為這不是值得說嘴的事情，因此沉默不語。朋友誤解黑崎的意思，以為同意，於是興沖沖地站了起來。

三木清的住處非常狹窄，和學生租的廉價房間沒什麼不同。不，或許其實沒那麼窄，只是因為屋裡堆滿了書，所以才給人狹窄的印象。

三木清見忽然有客人來訪，趕緊從壁櫥裡取出坐墊。當他打開壁櫥的門時，黑崎注意到壁櫥裡也堆滿了書，不由得吃了一驚。

同行的朋友不斷朝三木清提出問題，黑崎卻只是跪坐在薄薄的坐墊上，雙膝併攏，微低著頭，抬起視線，暗自觀察著矮桌對面的三木。

這是黑崎第一次近距離觀察三木清，就是故鄉那些人口中的「清先生」。三木清有著寬大的額頭、粗厚的嘴唇及一顆大鼻子，戴著一副度數非常深的消光圓形銀框眼鏡，總是板著一張撲克面孔，一點笑容也沒有。黑崎總覺得好像在哪裡見過他這張臉，思索半晌才恍然大悟。三木清的長相與教科書的卷頭照片中的蘇格拉底雕像如出一轍。

黑崎的朋友坐在旁邊，不斷向三木清提出各種試探性的問題。例如：「你在德國遇到的哲學家之中，哪一位最讓你印象深刻？」又例如：「西田哲學的精髓到底是什麼？」

三木清每個問題都回答得惜字如金，例如「馬丁．海德格教授」，或是「去讀《善的研究》」，完全沒有與朋友深入討論的意思。他的視線總是盯著斜上方，嘴裡不斷咬著香菸的濾嘴。當他把菸頭丟進菸灰缸裡，上頭沾滿口水，根本不必特地捻熄。

到後來同行的朋友實在不知道該問什麼問題，整個房間立刻陷入尷尬的沉默。

朋友用手肘朝坐在旁邊的黑崎頂一下，但黑崎聳聳肩，沒有開口。

最後兩人因爲氣氛實在太尷尬，只好告辭離開。

「果然是個怪人，對吧？」

來到街上，朋友懊惱地噘起嘴。三木清的態度，似乎令朋友大感不滿。

接著朋友向黑崎描述，他參加過一場三木清爲京都學生舉辦的研究會。在那研究會上，三木清只要一開始認眞討論，就會將對手徹底辯倒，讓對手完全沒辦法反駁。換句話說，三木清不管有沒有認眞說話，結果都會是尷尬的沉默。任何人與三木清對話，通常都會鬧得不歡而散。

「而且他一認眞起來，說話就會狂噴口水。」

朋友皺起眉頭，說得一臉認眞。

黑崎低頭盯著腳下，露出苦笑。三木清簡直就像是不懂得控制力量的三歲孩子。他當著別人的面，把香菸咬得都是口水，不也是孩子氣的行爲嗎？

在黑崎眼裡，三木清實在不像是傳聞中那智慧過人的三木清。

但當黑崎讀了那年六月出版的三木清第一本著作《帕斯卡對人的研究》，簡直像挨一記悶棍，震驚得難以言喻。

之前，黑崎對帕斯卡這個人的理解少之又少，只知道他是十七世紀的法國物理學家兼數學家，發現「帕斯卡定律」及「帕斯卡定理」。

三木清詳細閱讀帕斯卡的遺稿集《思想錄》（Pensées），提出帕斯卡針對「活在當下的人」的研究成果。

——人是在無限與虛無之間遭到撕裂之物。

帕斯卡如是說。三木清的出道作《帕斯卡對人的研究》，出版在這個動盪不安的時代，受到小部分年輕讀者的狂熱支持，卻吸引不了絕大部分的讀者。爲三木清出版這本著作的，正是當初提供留學費用的東京出版社，沒想到這本書然嚴重滯銷，根本賣不出去，這在當時的出版業難以想像。

不過《帕斯卡對人的研究》這本書雖然賣得極差，卻影響許多人的一生，黑崎正是其中之一。

隔年，黑崎通過高等文官考試，進入內務省。

另一方面，過去大家都以爲會是西田教授接班人的三木清，申請成爲京大哲學科教授的人事案竟遭京大教授會議否決，只好黯然離開京都。他被京大擋在門外的理由眾說紛紜，有人說教授會議認定《帕斯卡對人的研究》的理論「違背學院派主義的理念」，有人說三木清以講師身分出版單獨著作的行爲引起部分教授反感——

一說是嫉妒，也有人說三木清與女性的感情問題損害了他的名聲。眞相到底爲何，恐怕只有當事人知道。

三木清搬到東京後，在法政大學任教，也透過報社及出版社持續發表文章。隔年五月，三木清出版《唯物史觀與現代意識》一書，震驚世人。

三木前一本著作，是以帕斯卡的《思想錄》爲主題。帕斯卡在三十九歲就過世了，《思想錄》收錄他生前的零碎筆記，並非正式著作，充其量算箴言集。而且艱澀難懂，連法國人也難以理解。三木清的著作《帕斯卡對人的研究》，正是他詳讀原文的帕斯卡箴言集之後，運用最新的海德格哲學理論加以分析的成果。三木清在出版這本著作的短短兩年後，竟然就出版了《唯物史觀與現代意識》，本書與三木清前作完全不同，是以德文的馬克思文獻爲主題，與帕斯卡相比，又是另一層意義上的艱澀與難讀。三木清不僅徹底讀通，還解釋得精妙入微。

前人研究馬克思的唯物史觀，完全是從政治的角度，但三木清的《唯物史觀與現代意識》，卻嘗試從哲學的角度重新審視馬克思的唯物史觀，這是劃時代的壯舉。本書讓日本的馬克思主義研究首次從政治領域進入人文領域，在社會科學中正式成爲可以評斷正當性的對象。

本書否定教條式的政治觀點，重新定義唯物史觀，成爲時下想要理解馬克思唯物史觀的年輕人們愛不釋手的著作。

但另一方面，不管是左翼還是右翼的主義者、研究家及思想家，都全力抨擊本書。反對或厭惡共產主義的人排斥這本書是理所當然，這種人基本上反對從任何角度研究馬克思的唯物史觀。但有趣的是那些認同共產主義的大學教授、高知識分子，甚至是共產黨員，對本書的批評反而比反共產主義者更嚴厲。

——這種令人唾棄的唯心主義，只會對政治實踐造成阻礙。

他們如此批判三木清的《唯物史觀與現代意識》。

沒想到就在這樣的社會輿論之下，發生一件相當諷刺的事情。

三木清因違反《治安維持法》而遭特高逮捕。

遭逮捕的理由，是三木受某位交情深厚的貴族兒子請託，提供一筆資金，沒想到這筆錢被挪用爲違法組織日本共產黨的活動資金。當時的特高正好想要宣傳修訂後的《治安維持法》，因此他們以三木清的案子作爲「殺雞儆猴」。

但諷刺的還不是這件案子本身。

而是三木清因違反《治安維持法》遭拘禁期間，共產黨竟發表對三木強烈批判的言論，聲稱「三木的理論嚴重謬誤，此人是共產黨的敵人」。對一個因爲提供共產黨資金而遭逮捕的人，共產黨竟然聲稱此人是敵人。或許在三木的眼裡，這整件事已經不是諷刺，而是滑稽。

三木清被關了大約四個月，遭法院判決有罪但附帶緩刑。三木雖然被放出來，但沒辦法繼續在法政大學任教，往後大概也很難擔任教職了。

在這段時間裡，黑崎正在內務省的警察官僚體系內一步步往上爬。

黑崎進入內務省的時期，正好是政府陸續在全國警察單位設置特高，同時為了配合《治安維持法》的修訂而擴編內務省的時期。黑崎官運亨通，一方面是趕上時代的潮流。

在這個過程中，黑崎數次因為不同的理由，在不同地點與三木清擦身而過。

例如三木清向共產黨提供資金而遭逮捕的時候，黑崎讀了訴狀，呈交給上級的時候還附上了自己的意見。後來三木清獲判「緩刑」的宣判當日，黑崎因為另一件案子剛好在法院，兩人在法院走廊上擦身而過。

接下來的日子裡，黑崎持續在黑暗中觀察著三木清的動向。

其中一個方式，是透過文字。

三木清遭判有罪之後，不得再任教職，只好靠寫文章過活。

他主要在綜合性雜誌及報紙上發表文章。由於他的文章不僅展現出學識涵養，而且淺顯易懂，很快就獲得許多讀者支持。出版社及報社爭相委託三木清寫稿，他幾乎是有求必應，文章產量高得嚇人。

審查報章雜誌的內容，是內務省的工作。

因此黑崎基於工作性質，幾乎每天都會見到三木清這個名字。

而且不限於正式對外發表的文章。

三木清很愛喝酒。或者應該說，他喜歡喝酒時的氣氛。因此他只要完成一篇稿子，或是出席了一場座談會，就會和報社記者、編輯或座談會的與會人員一起到銀座或新宿的咖啡廳喝酒。黑崎數次在三木清經常光顧的咖啡廳安排線民。俗話說「酒後吐眞言」，只要是違反《治安維持法》而遭逮捕的監視對象，黑崎必定會設法打探其眞實心聲，這是特高辦案的基本技巧。

根據報告書中的記載，三木清喝酒時輕鬆率性，與他在文章中或座談會上的發言風格有天壤之別。而且三木清在咖啡廳裡花錢如流水，對女服務生非常慷慨，因此女服務生都很喜歡他。報告書上還記載，曾經有一次，有個女服務生找三木清商量事情，三木回答：「好，我會把這件事寫在明天的報紙上。」與三木清一起喝酒的同伴們，都很不滿爲什麼相貌粗獷的三木特別受服務生歡迎。據說還有原本很尊敬三木的人，自從跟他一起喝酒後就變得很討厭他。黑崎心想，三木清喜歡用金錢來博得女人歡心，難怪知識分子都不太喜歡他。不過新宿、銀座的咖啡廳本來就是那種地方，知識分子以奇怪的道德標準來批判三木清，實在可笑。更讓黑崎感興趣的一點，是三木清每次談到那些因爲參與共產主義運動而遭逮捕的人，都表現得非常關心。報告書中舉了三木清就讀京大時的學弟戶坂潤爲例。

「他最近生活還過得去嗎？」

三木每次提到戶坂潤，都會說類似的話。

戶坂潤是嚴厲抨擊三木清的唯物理論是「唯心主義」的人物之一。他作爲共產黨的支持者，在三木清遭拘留期間，曾公開表示三木清是共產黨的敵人。對這種落井下石的人，三木清卻表現出高度的關懷與擔憂，黑崎無法理解三木的想法。

——他還是跟當年一樣古怪。

黑崎歪著頭，將報告書扔進「已處理」的盒裡。

後來執行任務時，黑崎也有數次親自與三木清「接觸」的機會。

當三木清與長谷川如是閑等人一同針對德國納粹黨的焚書行動發表抗議聲明時，黑崎以內務省官員身分參與活動。

當三木清在幸田露伴獲頒文化動章的祝賀會上演講時，黑崎站在角落聆聽。

甚至在三木清的妻子過世時，黑崎也參加喪禮。

這些都是黑崎對三木清的單方面接觸，或者該說是「監視」，三木對黑崎這個人一無所知。

內務省對三木清的監視最爲嚴格的時期，是三木清參加了近衛文麿的策略顧問組織「昭和研究會」的時期。

三木是「昭和研究會」創設一陣子之後才中途參加，擔任新設的文化委員會委員長。後來近衛內閣發表的第二次及第三次對中聲明，三木都參與過撰稿。

那段時期黑崎經常看見三木清與「昭和研究會」的成員們一起到專門接待政治家及軍方高層的高級日式餐廳飲酒作樂。三木清的兩旁總是坐著藝妓，喝起酒來眉開眼笑。根據報告書的記載，三木清在酒宴上幾乎不說有實質意義的話，只會不停開些無聊玩笑。

後來「昭和研究會」被「大政翼贊會」吸收，近衛內閣也因「佐爾格事件」垮台，三木清從此失去接近政權中樞的機會。

到日本與美國開戰後不久，三木在《中央公論》上發表一篇名爲《戰時認識的基調》的文章，引來陸軍批評。此後，出版社及報社都像退潮一樣迅速遠離他，他的文章再也不曾出現於報章雜誌。

去年，三木清帶著女兒疏開（註）至埼玉縣，從此黑崎再也不曾與三木清擦身而過，也不曾在報告書中看見他的名字。

◆

黑崎闔上「三木清」那厚厚的檔案夾，輕輕嘆口氣。將檔案夾放回架上，轉頭望向掛在對面牆的鏡子。

鏡中的自己，完全是優秀的內務省警察官僚。在組織裡步步往上爬，長官非常器重依賴，可是……

鏡中宛如面具般的白皙五官微微扭曲，雙眉緊蹙。

從適法性的角度來看，目前的特高處境極度危險。上次視察拘留所，內部環境遠比預期更加惡劣。再這樣下去，責任遲早落在自己頭上。

黑崎無法理解，爲什麼事態演變成今日局面？自己向來該怎麼做就怎麼做，從來不曾做錯任何一道程序。難道該怪第一線人員沒有確實遵守行動規範？即便如此，管轄官廳也得背負疏於管理之責，不可能全身而退……

黑崎瞥一眼桌上堆積如山的公文，但馬上移開視線。

到這個地步，只能確實做好眼前每項工作。尤其是自己親自安排的高倉案，絕不能有片刻拖延。

黑崎轉身背對鏡子，回到座位，在心中再次確認計畫細節。

絕對不會失敗，不必操無謂的心。

黑崎終於鬆開雙眉，恢復心靈的平靜。

5

昭和二十年（一九四五年）三月九日晚上十點半，宣告「警戒警報」的聲音響遍東京都。

進入了十日的深夜十二點八分。

美軍最新大型轟炸機B29開始轟炸東京。

這場開始於深夜的空襲，在東京都民眾的內心猶如一場惡夢。

這天晚上，出現在東京上空的B29轟炸機超過三百架。轟炸機投擲的並非是以

譯註：二戰後期因日本主要都市常遭美軍轟炸，日本政府下令將都市人口疏散至鄉下地區，稱爲「疏開」。

破壞建築物爲目的的炸裂型炸彈，而是以製造火災爲目的的燒夷彈。

凝固汽油彈、黃磷燒夷彈、鎂合金燒夷彈……全是最新型的武器。

而且敵軍使用名爲「莫洛托夫麵包籃」的裝置，那是一種大型容器，裡頭可以置入三十八顆或是七十二顆的小型燒夷彈。在墜落途中，容器會在空中分解，使裡頭的小型燒夷彈散布至廣泛區域。這樣的攻擊方式對戰車、裝甲車或鋼筋混凝土建築物的殺傷力有限，卻會對民宅聚集地區造成慘重傷亡。

燒夷彈從天而降的聲音就只是模糊的悶響，聽起來有點像雪塊從鐵皮屋頂上滑落的聲音。由於數量太多，民間一般的滅火行動根本沒有辦法應付。

凝固汽油彈的引燃能力非常強，燃燒時間很長，很容易引發猛烈大火。

鎂合金燒夷彈則可以在一瞬間釋放出高達兩千度的高溫，假如直接命中，就算是鋼板也會鎔化。

至於黃磷燒夷彈，落地瞬間會發出巨大的爆炸聲響，噴發出高達上百公尺的白煙，讓火災更一發不可收拾。

不管哪一種，都有個特性，那就是遇水會激化反應，導致威力更強。因此一但起火，就很難撲滅。

那是個晴朗卻颳著強風的夜晚。

在北北西風的吹拂下，東京的東半邊——以江東區爲首的下町（註）地區瞬間陷入火海。

烈焰的光芒讓B29轟炸機有更明顯的攻擊目標。數不清的燒夷彈毫不間斷地落在地表，就像在地面上鋪設地毯，即所謂的地毯式轟炸。

火災讓街道宛如白天般明亮，大量烏煙竄上天際，如夏日的積雨雲。地表上逃竄的民眾或多或少都沾上些許凝固汽油，一旦有火苗落在身上，瞬間就會燒成人形焦炭。

大火引起更強勁的風勢。

無數火舌在雲層下方隨風起舞，形成灼熱旋風，將來不及逃走的民眾全都捲上天際。就連逃向水邊的民眾，不少因爲猛火蒸烤而失去寶貴生命。

日軍迎戰敵機的高射炮不斷朝著夜空釋放，發出刺耳聲響。

偶而有B29遭地對空砲彈命中，在黑暗的空中化爲一團火球，往地面墜落。

但美軍最先進的轟炸機是宛如鯊魚的猙獰海洋生物，成群結隊朝著獵物猛撲而

譯註：「下町」指工商業者及庶民百姓的聚集地，街景大多較爲熱鬧、擁擠且具有悠久歷史，通常在較低窪的地區。

來，即使偶而有同伴慘死在火炮之下，也絲毫不以爲意。它們一波接著一波來襲，一次又一次翻轉，盤旋在火光通天的東京夜空。

熱燄照亮B29的銀色機體。可怕的轟炸機一架架鑽入黑色的雲層中，降低高度，開啓其銀色腹部，拋出無數燒夷彈。

每當轟炸機做出這個動作，地面的業火就瞬間高漲。東京居民平日在鄰組（註）指揮下努力練習的傳接水桶滅火訓練及竹槍殲敵訓練，完全派不上用場。

這場敵機對平民百姓的地毯式轟炸，持續兩個多小時。所有的B29都拋光機上全部炸彈，終於悠然離去。

兩點三十七分，解除空襲警報。

三點二十分，解除警戒警報。

警報解除了，但整個天空依然籠罩在紅色的火光與積雨雲般的黑色濃煙中，直到天際泛起魚肚白。

隔天一早，三月十日凌晨，黑崎來到位於霞關的內務省事務室。

維持國內治安是內務省的職責，面對這場前所未有的東京大空襲，內務省必須以最快速度採取對策。當務之急是精確掌握災情，並且訂定今後方針的腹案。

準備好詳實的報告書，才能因應長官隨時提出的問題。

一踏進事務室，黑崎立刻召集屬下，盡快完成災情評估報告書。許多昨晚被炸成廢墟的地點，到現在還在冒著黑煙。屬下有的臉色蒼白，有的直打哆嗦，還有幾個隨時要拔腿逃走。

黑崎輕輕咂了個嘴，搖搖頭。

——敵機絕不可能轟炸皇居及霞關。

黑崎好說歹說，才讓屬下稍微放心。

假如皇居或霞關遭摧毀，這意味著將沒有人能夠終止這場戰爭。因此不管戰爭再怎麼激烈，都不能破壞對手國的最高決策機關。這一點對戰爭當事國來說是心照不宣的共識。

屬下們面面相覷，還有些遲疑。「快去！」黑崎一揮手，屬下才趕緊轉身執行調查任務。

不久，屬下送上報告書。黑崎一看，不禁皺起眉頭。

東京的災情遠遠超過預期。

譯註：「鄰組」是日本政府在二戰期間基於互助合作及互相監視等理由讓國民組成的里鄰組織。

隅田川以東幾乎全毀。本所深川一帶的下町地區成爲一片廢墟。由於這些地區的公所都遭炸毀，因此沒辦法靠比對數據來確認災情。目前就連當地有沒有倖存者都難以確認，更別提到當地向居民詢問災後狀況。

光是將報告書上可得的數字累加起來，死亡人數就超過十萬。無家可歸的人數更是這個數字的十倍。

轟炸造成的火災，讓整個東京約四成的土地化爲灰燼。

黑崎將報告書擱在桌上，瞇起雙眼。

一晚空襲就死了超過十萬名平民？首都約四成區域付之一炬？

這是眞的嗎？現實中有可能發生這種事情？

任誰也沒有辦法預期這樣的事態。「不殺手無寸鐵的老弱婦孺」這個戰爭的大前提，已經被打破了。就算是比這個更慘十倍的狀況，未來國內都可能發生。

總而言之，目前報告書的評估數字實在和現實落差太大，無法直接呈交。

黑崎指示屬下繼續深入調查，內心浮現一個念頭。這場戰爭會以日本敗北收場。

約從去年年底開始，偶爾就會有或大或小的美國軍機，以零星或編隊的方式飛越日本上空，有的會拋下炸彈。如今大多數日本民眾只要仰望天空，就可以分辨出飛在八千公尺高空中的機影是日軍的飛機還是敵機。

但這跟昨天的東京大空襲，完全不同層級。昨天那些B29，飛行的高度低到肉眼看得一清二楚。在熊熊火光的映照下，每個民眾都能夠清楚看見銀色下腹部的機身，顯然那是高度低於一千公尺的超低空飛行。

從去年年底到昨天之前，美軍藉由數次偵察飛行，已經確認日軍早已失去反擊敵機的航空戰力。如今日本的都市防衛，完全只能仰賴對空火炮。但就連火炮的數量、位置、威力及性能，都被美軍摸得一清二楚。

成群結隊來到東京上空的B29轟炸機，每一架都相當沉重。顯然機身內都堆滿大量的轟炸用燒夷彈。這意味著敵機根本不害怕在空襲途中遭遇日軍反擊。有人查看過少數成功擊墜的B29，發現機上沒有配備任何防衛用火器。爲了盡可能裝載大量的燒夷彈，敵機捨棄自衛的能力。

任何人都猜得出背後含意，並不需要特別優秀的頭腦或專業知識。

只要目擊了空襲過程，或是實際置身其中，任何人都能體會到一件事。

日軍對美軍完全無法構成任何威脅。

美軍徹底不把日軍放在眼裡。

黑崎輕嘆一聲。他思索片刻後搖搖頭，將擔憂拋出腦外，從未處理的公文盒中取出下一份公文。

戰爭的輸贏，自有上面的人作出判斷，並不是自己需要思考的事情。自己做好份內的工作就行了。過目需要裁定的公文，在有疑點的地方寫上意見，退回給屬下。在需要說明的地方貼上便條紙，統整數字，加入參考意見，蓋上核可章，將公文呈交給上級。不管今天發生什麼事，要做的事情都不會改變。即使一夜之間十萬人被燒死，上百萬人無家可歸，東京四成區域化爲焦土，官員還是必須恪守職責。

然而日子一天天過去，黑崎多年官僚生命中建立的信念、價値觀正逐漸瓦解。

三月十二日凌晨，名古屋空襲。

三月十三日深夜，大阪空襲。

三月十七日凌晨，神戶空襲。

幾次空襲的主要目的，都是使用燒夷彈進行地毯式轟炸，燒毀地表上容易起火燃燒的傳統房屋。任誰都看得出來，美軍已經改變作戰方針。他們現在將日本的平民百姓——包含老弱婦孺在內的非軍事人員都作爲主要攻擊對象，進行全面轟炸。

來自各災區的報告書如雪片般湧入內務省。這是自黑崎進入政府部門以來，第一次束手無策。黑崎根本無法掌握什麼地方發生了什麼事，只知道每天都有許多人死亡，許多人流離失所。損害實在太巨大，更因爲社會上充斥著各式各樣的流言蜚語，眞眞假假的消息多到眼花撩亂，根本沒辦法辨別眞相。

沒辦法提出上級要求的報告書。

對一名政務官來說，這是最大的挫敗。

焦躁感逐日攀升，劍拔弩張的氛圍連屬下都察覺得出來。就連在辦公室內走動，屬下們也盡量壓低腳步聲。

就在神戶空襲的消息剛傳入內務省，黑崎正竭盡所能地整理著紊亂的各方消息時，內務大臣突然將黑崎叫進他的執務室。

黑崎原本以爲大臣要催促報告書，沒想到一踏進執務室，竟是完全意外的話。

——陛下明天要親自視察受災地。我們內務省與特高必須與憲兵隊互相配合，全力完成這項任務。

黑崎不敢相信自己的耳朵。

6

三月十九日各大報紙，都刊登這則驚人的新聞。

「偉大的天皇陛下巡視戰災地」

「仁慈聖君立於焦土之上」

斗大的標題，配上全版照片。陛下身穿軍服，腰懸軍刀，腳上穿著打磨光亮的軍靴，走在東京深川富岡八幡宮。另一張照片裡，陛下走在斷垣殘壁中，左側直排寫著「陛下徒步巡視焦土」。

新聞一刊登，登時在社會上引起不小騷動。

陛下一踏上焦土，四方戰災民立刻拋下手裡的東西，朝陛下跪地磕頭，口稱請罪之語。

——陛下，全都怪我們不夠努力，才會讓這裡燒得面目全非，請陛下降罪。今後我們一定會赴湯蹈火，以報陛下的恩德……

民眾說完，啜泣聲此起彼落。類似這樣的描述，在全國各地傳爲佳話。

——陛下竟然願意屈尊出巡，著實令百姓愧惶無地。我們一定要重新振作，說什麼也要克敵制勝……

就連位於霞關的政府單位裡，也不時傳出類似聲音。每當黑崎聽見這樣的話總是不語。內務省負責的都是些水面下的工作，知道內情的人當然愈少愈好。即便如此，黑崎還是忍不住搖頭。

都已經在政府部門上班了，怎麼還對那些作秀的安排信以爲眞？

近來政府單位的職員素質大不如前。他們恐怕無法想像，黑崎爲了「安排」這個新聞，付出多少心血。

陛下巡視災區的前一天。

內務大臣將黑崎叫進執務室，要求做好「萬全準備」。

簡單來說，就是確實安排好每個細節，包含陛下的移動路線、巡視時間及地點、報社記者的選任、確認什麼該寫及不該寫等等，不能出任何紕漏。對攝影師的指示也不能馬虎，除了拍攝陛下的角度不能出錯，在按下快門的瞬間還必須讓周圍的侍從稍微遠離，膝蓋微彎，俯視地面，絕對不能給人無禮傲視陛下的印象。

首先必須具體決定的事項，就是選擇哪裡作爲陛下的巡視地點。這次美軍的攻擊範圍相當廣，到處都是斷垣殘壁，但給人的印象截然不同。例如同樣是從皇居望出去還沒到隅田川的區域，與越過隅田川的區域，受害嚴重程度天差地遠。如今距離空襲已過一個多星期，還沒到隅田川的區域四處插滿立牌，上頭寫著此戶人家搬遷或疏開至何地，看起來雜亂無章。然而越過隅田川之後，就完全看不到類似的立牌了。因爲該區域的受害程度悽慘得多，居民幾乎都被炸死或燒死了，所以不會有告知搬遷地或疏開地的立牌。

黑崎故意選擇隅田川的另一頭，受災最慘重的深川富岡八幡宮一帶作爲陛下的巡視地點。因爲立牌上有些文字可能會讓陛下不舒服，而且那帶多少有民眾在走動，倘若不小心讓陛下看見挖到一半的焦屍，那可是大不敬。相較之下，居民幾乎死光的地點，周邊一帶極少有人往來行走，可以在最短時間內清除閒雜人等。

黑崎在八幡宮內的石階下方擺放了一張桌子，讓內務大臣可以在桌上攤開地圖，向陛下說明空襲前附近一帶有哪些景象，以及哪裡有什麼建築物。黑崎必須事先準備好詳細資料，提供給大臣惡補一番，以免陛下提問時，大臣一句話都答不上來。

陛下車駕通過的路線，則派出憲兵隊與特高分頭確認沿途的安全。廢墟中，到處都有人像孤魂野鬼般毫無意義地徘徊遊蕩。這些人可能滿臉黑灰，嘴裡喃喃自語，多半因爲遭受太大打擊而陷入精神錯亂。在陛下巡視前，必須將這些人統一送往其他地方安置。

需要安排的事情實在太多了，黑崎卻在巡視前一天才接獲指示，時間根本不夠。剛開始黑崎還待在辦公室下達指令，後來乾脆親自前往富岡八幡宮的廢墟。如果真的遇到意外狀況，只能臨機應變。

黑崎在十八日上午九點抵達現場。仔細查看周邊狀況後才鬆了口氣。周圍環境都經過特別整理，完全依照自己的指示。四個方向都有憲兵隊隨時待命，注意附近有無可疑人物。

黑崎微微瞇起雙眼。空氣比預期要冰冷一些，而且瀰漫著一股既像鐵味又像焦灰味的陰鬱臭氣。到這個節骨眼，黑崎無計可施，只能當沒聞到了。

九點十三分，一排打磨得熠熠發亮的車隊自遠方駛來。中央一輛紅豆色的賓士770 Großer Mercedes，就是陛下座車。

雖然從簡巡視，但隊伍中還跟隨著陸軍側掛邊車，一般百姓要目睹這種陣仗的機會微乎其微。站在斷垣殘壁中的災民遠遠望見車隊，全都驚訝地停下手邊動作。

車隊夾帶著塵土，浩浩蕩蕩地來到了富岡八幡宮的焦土廢墟前。車門開啓，身著軍裝的陛下走了出來。那一瞬間，黑崎感覺全身冒出了冷汗。但黑崎馬上告訴自己，雖然地面都是潮濕的焦灰，但早已撒上了大量木屑，陛下應該不會感到不舒服。唯一需要擔心的，大概就只有災民們的反應了……

黑崎放眼望去，距離較近的那些災民全都像凍結，臉上帶著驚愕，不知是無法理解還是無法相信眼前景象。

此時一個衣著破爛的男人，從八幡宮境內的角落快步走近跪在潮濕的灰燼上，大聲喊道：「陛下，全都怪我們不夠努力，才讓這裡燒得面目全非。」那男人的聲音，遠比黑崎想得還要響亮。

黑崎迅速望向周圍其他人。

原本僵著不動的災民一個接著一個拋下手中工具，屈膝跪在地上。不論男女老幼，簡直像被附身，異口同聲道：「全都怪我們不夠努力，才讓這裡燒得面目全非，請陛下降罪。今後我們一定赴湯蹈火，以報陛下的恩德……」

黑崎一見情景，終於放下心中大石。

東京大空襲對所有日本國民來說，都是一場前所未有的浩劫。雖然在發生空襲前，戰爭就打了十年以上，但對多數日本國民而言，戰爭只發生在遠方戰場。那些「英靈」、「玉碎」、「爲國捐軀」什麼的，都是發生在「士兵」身上的特殊事件，與自己沒有關係。但自從東京大空襲後，民眾都體認到這場戰爭可能讓全國人民死無葬身之地。戰爭不再是發生在士兵身上的特殊事件，前線與內地、士兵與平民百姓不再有任何區別。

根據內務省的調查，打從去年的下半年起，由於各種資源都採上繳制及配給制，加上物資嚴重不足，社會上已出現明顯的厭戰氛圍。甚至有人抱怨，政府採行上繳制及配給制，等於帶頭否定私有財產制度，就是向共產主義靠攏。在這種節骨眼上，又發生慘絕人寰的大空襲。民眾面對這種前所未有的巨變，心境出現何種變化，老實說連黑崎自己都沒有把握。

既然沒有把握，就必須把風險降到最低。

剛剛第一個走進斷垣殘壁，對著陛下下跪的男人，其實是黑崎事先安排的「自己人」。任何人看見難以置信的景象時，都會陷入某種程度的恐慌，喪失理性判斷的能力。只要有一個人採取行動，其他人就會反射性地做出相同舉止。

第一個人跪在地上，淚流滿面地向陛下謝罪。

有了這個行為範本，所有人都會照做。

這次因為事前準備的時間太短，沒辦法縝密安排，或多或少還是有賭運氣的成分。幸好相當順利，圓滿落幕。

——人民的自由意志，充其量不過這種程度。

陛下結束巡視，上車離去。黑崎朝著車隊低頭鞠躬，嘴角卻揚起諷刺笑意。

陛下巡視一事順利解決。

但辦公室裡未處理公文的盒子，卻堆積大量公文。

黑崎趕緊回到辦公室，依序處理公文，口中向屬下下達指示，心頭卻浮現一幅畫。一隻掉進了流沙裡的狗，雖然拚命掙扎，身體還是逐漸下沉，整個畫面充滿絕望。黑崎實在不明白，畫家怎麼會畫出那樣一幅圖——沉入流沙的狗，背後卻是整片清澈的藍天……

日本遭遇空襲之後，全國上下都知道戰況對日本極度不利。

不管是食物還是其他物資，都陷入嚴重不足的困境。只靠《治安維持法》及特高維持社會秩序，恐怕只能再撐三個月左右……半年內整個社會一定陷入混沌。

不過多想也沒有用。身為政府官員，做好分內工作就行了。對黑崎來說，最大問題在於無法理解長官的施政方針，不知道上頭的人還要讓這樣的社會狀況持續多久。

前些日子，黑崎聽到一個傳聞。據說二月中時，前首相近衛文麿上了一道奏章給陛下。

在這道奏章中，近衛文麿告訴陛下，從軍官到士兵的所有職業軍人，加上其他絕大多數的人民，「全都出身中下階層家庭，處在非常容易接納共產主義的環境中」。換句話說，軍人和人民都是共產主義分子。除了少部分御用商人（資本家）及貴族（華族），全國不會有人和我們站在同一陣營。因此我們不如接受戰敗的事實，徹底將這些人——絕大多數的人民排除……

「追根究柢，軍方主導滿洲事變及支那事變，其後更擴大為大東亞戰爭（註），實乃意圖製造社會動盪，趁隙將共產革命風潮引入國內……」

其實身邊所有人都是共產主義分子。所以我們要追求和平，不能繼續戰爭。以為早將國內共產主義分子剷除殆盡，沒想到反而在不知不覺中被包圍了。

近衛前首相這番話，肯定對所有特高造成巨大衝擊。

雖然近衛前首相的意見相當新穎，但軍方及政府的絕大多數人想必無法接受。現階段想要與美國、英國談和，恐怕窒礙難行。

突如其來的敲門聲，讓黑崎回過神。

「打擾了。」

門開了，一名氣色不佳且骨瘦如柴，像道影子的男人走進。他正是最近才調來的屬下。「公文都放這裡……」黑崎指著未處理的公文盒，一句話還沒有說完就打

譯註：「大東亞戰爭」是日本人對第二次世界大戰中的亞洲遠東及太平洋一帶諸多戰爭的總稱。

住了。因為屬下不像平常一樣雙手捧著大量資料，只在左手拿著一枚薄薄的紙板夾。

屬下走到黑崎的辦公桌前，低聲報告。

——我們已經逮捕了高倉。

高倉？逮捕？

黑崎愣了一下，皺起眉頭，一時不曉得他在說什麼。略一沉吟，才回想起當初的舉發人數灌水計畫還在執行。那時候挑上了一個姓高倉的男人，故意讓他逃走。東京大空襲之後，美軍幾乎每天都對民宅地區進行地毯式轟炸，自己忙得焦頭爛額，竟然將這件事忘得一乾二淨。

「這是高倉的接觸者名單。」

屬下從紙板夾中取出一張紙，放在黑崎的桌上。

這上頭的名字，都是高倉逃亡期間接觸過的人。黑崎瞥一眼，不禁皺眉。名單中竟有「三木清」這個名字。他並不在原本計畫的接觸者名單中。

黑崎將雙肘靠在桌上，雙手手指在臉前交握，以拇指抵著下巴，朝屬下問道：

「這名單上的名字，為什麼與當初計畫不同？」

屬下望著地板，低聲道：「因為人手不足，計畫稍有變動。」

根據屬下描述，特高在三月六日依照原訂計畫，讓高倉從警視廳逃走。當然高倉其後的行動全在特高的監視中。但九日深夜發生東京空襲，全東京都陷入空前混亂，特高只好變更部分計畫。

黑崎聽完，不由得輕輕咂嘴。特高在空襲之後，還在進行灌水計畫？「你們變更計畫，爲什麼沒有向我報告？東京發生了那麼大的事情，你們應該中止計畫才對。」

「您的意思是，我們應該在您沒有下達指示的情況下，自行中止計畫？」屬下露出吃驚的神情，接著緩緩搖頭，低聲道：「如果我們那麼做，那就是抗命了。」

黑崎聽到這個回答，一時啞口無言。當初向屬下下達命令時，黑崎就曾經感覺好像忘了重要的事情，此時終於想明白了。這些屬下有個大問題，那就是他們只會傻傻地執行上級交付的任務。不管發生任何意外狀況，即使目睹十萬個平民百姓死在眼前，他們也只會按照指令做事。他們並不關心這麼做會帶來什麼後果，他們認爲這不是自己應該思考的事情。

不過針對這一點，屬下也有話說。他表示數次向黑崎確認是否修正計畫方針，回答都只是「你們自己看著辦」。

「關於計畫變更，我在計畫進展報告書中都提過了，您還沒有過目嗎？」屬下轉頭望向堆積如山的未裁決公文。「這也沒辦法，您實在太忙了。」屬下表面上是爲黑崎找理由，言下之意是強調他完全沒有錯。

「這陣子東京實在太亂，我們好幾次差點跟丟，幸好後來接到民眾密告，順利逮捕了高倉。這個月應該能夠達到舉發人數的目標。」

屬下說完這幾句話後微低著頭，揚起視線，試探性問道：

「有什麼不妥嗎？」

7

黑崎一走進警視廳特高部，特高一課課長立刻起身迎接。今日來訪目的，黑崎已用書面通知對方。此時黑崎以目光詢問課長，課長朝辦公室後頭一扇門甩了甩下巴說道：

「在第二偵訊室……現在剛好在問話。」

黑崎走過去，打開偵訊室的門。裡頭兩名刑警同時轉過頭，面露詫異。

「這位是內務省的黑崎參事官。」

特高課長自黑崎的背後探頭說道。兩名刑警臉上轉爲困惑，彷彿在問著：「內務省的官員，跑到這種地方來做什麼？」

「參事官有幾句話想問這名嫌犯，你們先出去吧。」

特高課長說道。兩名刑警面面相覷。

「我們問完了，換他問當然沒問題，但是……」

「出去。」

黑崎踏進偵訊室。兩名刑警一看都有些惱怒。

「可是……」年紀較大的刑警皺起眉。

「不用擔心，他會在旁邊全程記錄。」

黑崎將身體微微挪向一旁，讓刑警看見身後那有如影子般毫無存在感的屬下。

「不會花太長時間。你們在門外等著，我結束了會叫你們，有任何狀況也會叫你們，明白了嗎？」

黑崎傲然說道。兩名刑警再度對看一眼，特高課長默默點頭，兩人聳了聳肩，無奈地走出偵訊室。

黑崎關上門，讓屬下坐在記錄員的座位上，自己與嫌犯隔著桌子相對而坐。

嫌犯是個相貌粗獷的男人，體格粗壯，額頭很寬，有著厚嘴唇及大鼻子，戴了一副度數很深的眼鏡。黑崎拿出記事本，冷冷問道：

「姓名跟年齡。」

「三木清，四十八歲。」

遭逮捕後，這兩個問題應該已經被問了很多次，三木清還是答得相當認真。

特高於三月二十八日逮捕了三木清。逮捕地點並不是三木清在疏開後的住處，而是東京出版社岩波書店的會客室。當年三木清前往德國留學之際，岩波書店的社長贊助了資金，雙方頗有交情。近來社長出馬角逐貴族院議員補選並成功當選，舉辦了一場慶祝會，三木清也參加了，沒想到在出版社內遭特高逮捕。

根據黑崎手邊的報告書描述，當時一群特高衝進出版社，向三木清說出逮捕的理由。三木清吃驚地猛眨眼睛，但馬上就無奈聳聳肩，乖乖束手就縛，沒有抵抗。

針對逮捕事由，黑崎言簡意賅地向三木清逐一確認。

三木的回答也很簡潔。

對。是的。沒有錯。

三木清的態度認真平淡，每個答覆都是肯定。

提問中，黑崎有股說不上來的感慨。

當初黑崎安排的計畫，原本是打算逮捕山崎謙、中條登志雄這一類年輕的高知識分子。事實上高倉在逃亡過程中，確實與前述兩人有過接觸，而這兩人也的確被特高逮捕了。特高逮捕他們，製作筆錄，說穿了只是增加舉發人數。一般拘留個一星期至十天左右，特高再製作一次筆錄之後，就會把人放了。畢竟這兩年監獄裡擠滿人，關押嫌犯的預算也很有限。計畫的基本方針，就是在增加舉發人數後，對逮捕來的高知識分子恐嚇一番，接著便在隨時掌握行蹤的前提下放人。

然而三木清的情況比較嚴重，並沒有辦法像其他人一樣輕易結案。

他曾經向共產黨提供資金，以違反《治安維持法》的罪名遭判決有罪，只是附帶緩刑。

這一次，懷有共產主義思想的頑固分子高倉從警視廳逃走後，向三木清尋求協助。三木清不僅將他藏匿在家，提供衣物及金錢，還幫他買了逃走用的車票。

向共產主義分子提供資金，或是對其活動提供協助，都是違反《治安維持法》的犯罪行爲。

違反《治安維持法》的累犯，不得再給予緩刑。其他的高知識分子可能只是關個幾天，製作完筆錄就會釋放，但三木清恐怕得在牢裡待上很長一段日子。三木清自己不可能不曉得這個狀況……

黑崎停頓片刻後低聲說道：

「你應該很清楚，高倉是逃亡中的共產主義分子。」

三木首次在回答時遲疑了。但最後他還是默默點頭，給了肯定的答覆。

既然如此，為什麼你要做那種事？

黑崎心裡有股想要大喊的衝動，幸好壓抑下來。

共產黨曾經對三木清見死不救。當三木清因為提供資金給共產黨而遭到拘留時，共產黨竟然發表正式宣言，將三木清批評得體無完膚，主張「三木清的論述是標準的唯心主義，只會對政治實踐造成阻礙」。當時所有的共產主義分子都依循黨的方針，將三木清視為敵人。

原本以為共產黨會伸出援手，卻遭落井下石。照理來說，三木清對共產黨不可能沒有絲毫埋怨。

三木清應該很清楚，幫助共產主義分子會害自己被逮捕。他應該也很清楚一旦再次遭到逮捕，將面臨什麼下場。

既然如此，他為什麼還要執意幫助曾經背叛自己的共產主義分子？

黑崎再三追問，換來三木清一臉莞爾。

「共產主義分子，只是他人格的一部分。」

三木清的口氣，像在指出黑崎推論中的盲點。

「我與高倉在就讀京都大學時認識。我們都喜歡下圍棋，對我來說，他是相當難得的棋友。他擁有奇妙的理想，文筆很好，還是個對勞工很友善的農場經營指導者。任何人都不會只有一張臉，假如因為政治理念不同就斷絕往來，那才是不合情理。我認為每個人都應該對他人敞開心靈之窗。」

黑崎聽了三木的話，仰頭說道：

「這就是你的人性學（Anthropologie）？」

黑崎不等三木回答，從公事包中取出厚厚資料以及數本書，一起放在桌上。

三木見了那些書的書名，流露出些許刮目相看。直到這一刻，他似乎才認同坐在對面的訊問者是個擁有人格的主體。

「接下來，我想談一談你的東亞協同體理論。」

黑崎讀著手邊的資料說道：

「你在開戰不久就提出了日本將會戰敗的看法。『魯莽冒進的大陸政策，以及由此引發的戰爭』、『必然會陷入混亂的泥淖之中』、『這場戰爭遲早會以日本的戰敗收場』……這些話你不覺得說得太大膽了嗎？」

「唉，我真沒想到，連這些話都被你們記錄下來。」三木清聳了聳肩，低聲咕噥：「那都是我和朋友們私底下的對話，並不是在公開場合說的，應該不會有什麼問題才對。」三木清嘴上這麼逞強，表情卻充滿無奈。

特高記錄下三木清私底下與朋友的對話。

這代表一定有朋友向特高告密。

事實上那告密者的名字，就寫在黑崎手邊的資料上，當然沒有必要讓三木知道。

「你私底下常說這種話，表面上又曾經擔任近衛前首相的顧問，積極參與撰寫政府的對外聲明文。東亞協同體理論正是你的構想。」

三木清苦澀地默默點頭。

所謂的東亞協同體理論，簡單來說，是一種政治上的呼籲。由日本、滿洲、中國等東亞國家組成協同體，對抗西歐諸國的殖民地統治，依循東洋文化的道德觀，建立起新的世界秩序及經濟圈。

「日本眞正的敵人不是中國，而是西洋社會」。

「戰爭的目的，是推翻西歐列強的殖民地統治，解放亞洲」。

東亞協同體理論不僅消除大多數日本民眾心中的矛盾，也讓日軍攻擊珍珠港的行動廣泛受到日本民眾——尤其是高知識分子熱烈支持。

後來隨著戰爭的進展，軍方開始宣揚南進理論，原本的東亞協同體納入了印度及大洋洲，變成更加廣大的大東亞共榮圈。從東亞協同體到大東亞共榮圈，被視爲一種「進化」。

如今大東亞共榮圈理論早已成爲日本在軍事、政治及經濟上統治整個亞洲，日本的陸軍及海軍將戰線無限擴大至整個中國大陸及南洋群島的正當化理論。

「戰爭遲遲沒有辦法結束，不正是因爲你向軍方、政府及百姓拍胸脯保證，這是一場師出有名的正義之戰？你在和朋友的私下對話中，預測日本將會在戰爭中敗北，但檯面上，你又協助近衛前首相發表完全相反的聲明。你要如何解釋這種立場的不一致？」

黑崎的提問，讓三木清微微歪過腦袋。他肯定沒有料到竟然在這樣的地方，與他人爭辯這個議題。最後他輕輕搖頭，嘆口氣。

——雙方都需要一個能夠下的台階。

三木清說道。

近衛內閣在第一次對中聲明裡，主張日本對中國出兵是懲罰殘暴不仁的國民政府。近衛還揚言，今後不再與國民政府進行任何交涉。

這樣的聲明，完全沒有給中國下台階的機會，讓中國沒辦法以任何理由停止戰爭。爲了終結這場戰爭，日方需要進一步提出一套讓中國勉強能夠接受的理由，給中國下台階的機會。

「東亞協同體理論，就是你長年來主張的『對歷史的主體參與』？」黑崎發出訕笑。「戰爭陷入泥淖，數不清的優秀年輕人被送上戰場，不也得歸咎於你提出的『正義之戰』主張？不僅如此，美軍這陣子對我國平民百姓發動地毯式轟炸，導致數十萬非軍事人員，甚至是老弱婦孺慘遭殺害，不也是因爲你所說的『對歷史的主體參與』？」

這幾句話說得絲毫不留情面，這一點黑崎當然心知肚明。

三木提出的「東亞協同體」理論，在轉變爲「大東亞共榮圈」的過程中，遭到軍方偷換概念，成了一套和原本截然不同的醜陋思想。但從另一個角度來看，三木所提出的理論竟然那麼容易就被軍人偷換概念，代表那原本就是一套內容空泛，沒有實質意義的理論。以三木清這種程度的高知識分子，竟然提出這麼膚淺的理論，這本身就應該受到譴責。就算其他人不譴責，三木清應該也會譴責自己。

黑崎瞇起了雙眼，盯著滿臉苦澀、不發一語的三木，嘴角揚起譏諷的笑意。

打碎嫌犯的自尊心！

這是特高內部製作的訊問教戰手冊中的基本原則，同時是最終目標。尤其是一些高知識分子，他們的自尊心都非常強，但只要能夠打碎他們撐起自尊心的基石，他們就會變得完全沒有反抗的能力。換句話說，只要成功扭轉他們的思想，不管要他們做什麼，都會變得輕而易舉。他們往往會主動放棄共產主義，甚至是自願成爲內應或線民。像這樣的人非常多，多到連偵訊方也會感到驚訝。因此大多數的特高都有嗜虐傾向，這也是理由之一，並不能完全責怪特高。

驀然間，兒時的回憶浮上了黑崎的心頭。小時候的黑崎，不管拿到多麼優秀的成績，父親得知之後都只會露出諷刺的笑容，甚至說上一句「反正比不上清」。而如今的三木清，卻完全沒有辦法反駁黑崎的批評，只能苦著一張臉默不作聲。黑崎的父親一直到死，都沒有辦法擺脫心中那沒落士族一文不值的自尊心。如果可以的話，黑崎實在很想讓父親目睹現在這一幕。

眼前的男人突然改變坐姿。他整個人仰靠在椅背上，雙手交叉在胸前，眼睛盯著斜上方。

「分析歷史或政治，作出犀利批判，是生活於後世者的自由。當然對歷史學家而言，這是權利也是義務。」

三木清的口氣，猛然變得像在大學上課。

「但生活在同時代的人，擁有的是另外一種自由，或者該說是權利。以歷史的主體參與歷史，是自由也是權利。而不管是權利還是自由，當然都伴隨著責任。當技術或能力不足，導致沒有辦法得到預期的結果，就必須要有所覺悟，很可能會受後世者追究其責任。

「舉例來說，當一個國家走上錯誤的道路，未來顯然必須付出巨大的犧牲，最好的做法，就是立刻停止這個國家的政權運作。但要讓一個巨大的國家系統立刻停止，必定會引發非常強大的反作用力。這會導致什麼結果，並沒有辦法精準預測，甚至可能會爲此付出更加巨大的犧牲。在這種情況下，我們只能退而求其次，想辦法扭轉國家的前進方向，讓國家朝著比較沒那麼糟糕的方向前進。當然要做到這一點，需要付出無數的心血與努力，跟你們這種官僚整天只想著如何有效率地操作國家機器不可同日而語。而且所有努力，最後都可能徒勞無功。在政治的世界裡，每個人都必須爲結果背負責任。不管提出多麼崇高的理想，不管付出多大的努力，如果沒有獲得相應的成果，原本的『抵抗』很可能被視爲『無條件的協助』。

「即便如此，我還是希望傾自己一切力量，行使參與歷史的自由與權利。既然參與之後的結果，就是後世者眼中的『歷史』，我更應該在這唯一的時間、唯一的歷史之中，傾注自己的一切能量，而不是把什麼事情都交給別人去解決。至於最後會得到什麼結果，只能交由後世者自行判斷。這應該是我能夠抬頭挺胸主張『我活著』的唯一途徑。」

三木清正眼面對黑崎，目不轉睛地注視著他的眼睛。

——這也是我唯一的自豪。

他最後淡淡說道。

偵訊室的門開了，特高課的刑警探頭進來。

「時間差不多了……」

刑警抓著門把，不耐煩地盯著時鐘。

黑崎想，竟然談這麼久。

所有的時間，都用完了。

黑崎望著刑警默默點頭。

兩名刑警走進偵訊室，要求三木起身。在刑警催促下，三木乖乖從椅子上站起來，繞過桌子，走向門口。

就在三木清即將踏出門外的瞬間，黑崎朝著他的背影喊了一聲。

——清先生！

三個男人同時停下腳步，轉頭朝黑崎望來，臉上狐疑不言而喻。

「L'homme n'est qu'un roseau,」

——人是一根蘆葦。

黑崎雙肘抵在桌上，背對著三木清，用法語說道：

「le plus faible de la nature. Il ne faut pas que l'univers entier s'arme pour l'écraser. Une vapeur, une goutte d'eau suffit pour le tuer.」

——是大自然中最脆弱的事物。不需要整個世界武裝起來壓垮他。一縷蒸氣、一滴水便足以致命。

這是帕斯卡《思想錄》中的一節，黑崎年輕時就背得滾瓜爛熟。

黑崎抬頭望向偵訊室牆上的鏡子。兩名刑警的身影映照於鏡面，他們面面相覷，雙眉微皺。

至於三木清……

他的神色沒有絲毫變化，同樣用法語回應：

「Mais quand l'univers l'écraserait, l'homme serait encore plus noble que ce qui le tue, parce qu'il sait qu'il meurt, et l'avantage que l'univers a sur lui; l'univers n'en sait rien. Toute notre dignité consiste donc en la pensée.」

——即便世界壓垮了人，人依然比致使人死亡的力量更高貴，因爲人知道自己會死，也知道世界對人的優勢；而世界什麼都不知道。我們的尊嚴，全在於我們會思考。

雖然發音拙劣，但引用得一字不漏。

黑崎不禁苦笑，輕輕搖頭。

自己永遠都贏不了這個人。

黑崎轉過身，朝著兩名目瞪口呆的刑警下達簡短指令：「帶走。」

黑崎低頭望著偵訊室桌上的書。

《帕斯卡對人的研究》。三木清於二十九歲發表的第一本著作。

黑崎翻開它，視線沿著上頭的文字移動。當年的黑崎，正是讀了這本書，才決定自己的未來志向。

然而並不是因爲這本書的內容。

《帕斯卡對人的研究》這本書，令東京帝大的高材生黑崎驚爲天人。本書的作者在理論空間中自在翱翔，彷彿不知道這世上有重力。他飛越了過去一切論文的藩籬，毫無畏懼地踏入新世界。

或許因爲黑崎與三木清是同鄉，或許因爲黑崎從小就認識「清先生」，所以才能清楚地看見三木清的無限可能。一切領域的界限，在三木清面前都失去意義。黑崎很清楚這一點，因此後來得知三木清轉爲支持馬克思主義時，黑崎一點也不驚訝。

我這一生永遠贏不了「清先生」。

這個事實讓黑崎受到巨大打擊。黑崎花了很久的時間，好不容易從茫然自失的狀態下走出陰霾。重新振作起來，黑崎決定：既然如此，那我就站在他的對立面，支持既有權威。

——你心中的敵人，比你想得更加強大。

黑崎暗自呢喃。

統治這個世間的力量，並非來自優秀的才能、過人的邏輯推理，或是各種善行，而是「平庸」。

自從進入內務省，黑崎更加確信。

掌控著這世間、平庸且毫無自覺的惡意，讓三木清帶著留學成就風光歸國之後，甚至無法在京大獲得教授職位，反而成為眾人攻擊對象。「他的行徑——異性問題——不適合成為大學教授」、「這些論文不適合作為大學內的研究」，這些理由由冠冕堂皇，將三木清拒於大學門外。但隱藏在那些平庸惡意內側的眞實情感，是嫉妒及不甘心。黑崎進了內務省後，見過的告密者多如牛毛。

三木清不屬於任何領域。他不是馬克思主義分子，不是共產主義分子，不是無政府主義分子，不是威權主義分子，甚至不是大學那些人心目中認定的哲學家。他不是基督教徒，不是一般定義上的媒體工作者，甚至不能算是一個評論家。他與每一個領域都稍微保持了一點距離。

——因爲這個緣故，除了少數身邊的親友之外，每個人都討厭你。那些讀過大學的高知識分子，你把他們當成同伴，但他們討厭你。那些認同共產黨的人，他們也討厭你。就連當年贊助你留學資金的出版社，內部也有很多人討厭你。即便是在你出生的故鄉，也有很多人對你心生厭惡。這一點，我們看得比你更清楚。

三木清明明有非常優秀的頭腦，但不知道爲什麼，他完全沒有察覺自己非常討人厭。而且那種完全沒有察覺的態度，更是加深大家對他的反感。

思想平庸的人，在看一個人的時候，首先會判斷這個人是敵人還是朋友。每個人都明白要愛自己的朋友，恨自己的敵人。至於那些搞不清楚是敵是友的人，每個人都會感到厭惡，想要排除，想要杜撰一些流言蜚語，使其無法立足。

《治安維持法》不僅可以用來排除共產思想分子之類社會公敵，也可以用來排除自己討厭的人。因爲不需要證據，只要有一個人偷偷主張「那個人是社會公敵」，那個人就會被逮捕。逮捕行動，甚至可以用來消除政府部門的業績壓力。

黑崎抬起臉，視線從書本內頁轉到坐在偵訊室角落撰寫筆錄的屬下。

在這個男人的眼裡，「不世出的天才」三木清也不過是眾多《治安維持法》違反者之一……

黑崎將視線放回書上，臉上又顯露出嘲諷。

敞開的門外，聽得見刑警帶著三木清沿著走廊離去的聲音。

驀然間，三木清走出偵訊室時的背影，與記憶中那些背影重疊在一起。

受眾多讀者喜愛的無產階級文學小說家小林多喜二。

用十七個字犀利道破世間眞理的川柳作家鶴彬。

竭盡全力編纂出好雜誌的中央公論社及改造社的年輕編輯們。

因爲偵訊的暴力行爲及拘留所內的惡劣環境而損害健康，死在牢獄或附屬醫院的眾多受害者。

三木清是《治安維持法》累犯，不能接受保釋，未來應該會被送進豐多摩監獄。對監獄刑務官而言，「京大創校以來最優秀的人物」這種頭銜沒有任何意義。

在那滿是跳蚤、蝨子及疥癬，有如地獄的監獄裡，三木清不過就是個平凡無奇的共產思想分子。跳蚤、蝨子及疥癬將占據他身體，讓他渾身上下全是鮮血及膿液。那奇癢無比的症狀將讓他不斷抓身體。某日清晨，他會被人發現摔到床下，早已斷氣。

反正是共產思想分子，只要不是我們故意動手殺人就行了。我們這個地方向來是這樣。他們莫名其妙死了，不關我們的事。

年老的刑務官又會用沙啞聲音這麼說著，同時若無其事地聳聳肩。三木清會變成記錄在報告書上的一個數字。

黑崎嘆一口氣。

到頭來自己不也和其他人一樣嗎？甚至不願意爲了救三木清的性命，移動一根指頭。只要躲在平庸的堡壘中，就不會感受到自己的罪愆，也不會感受到自己的卑微。

黑崎豎起耳朵，發現腳步聲聽不見了。

又一個「無敵之人」，走向命中註定的死亡。

昭和二十年（一九四五年）九月二十六日，戰爭結束已超過一個月，有人在豊多摩監獄拘留所的惡劣環境中，發現了三木清的屍體。

三木慘死獄中的消息震驚了駐日盟軍總司令部（GHQ），司令部立即下令廢除《治安維持法》。同年十月，《治安維持法》與特別高等警察制度一同成爲歷史。

（完）

解說
無敵之人，有敵之國：《無敵之人》

路那（推理評論家、台大文學院博士後）

台灣讀者認識柳廣司，大抵是從《D機關》開始。初接觸《D機關》，只對他把握軍國主義相關議題的精準感到咋舌，這是一個危險的主題，然而柳廣司卻精準地在刺激而反覆翻轉的劇情中，依舊兼顧了對軍國主義的分析與反思。這或許和柳廣司早年即以歷史作爲小說主要元素有關：一九九八年，柳廣司以《拳匪》獲得第四回歷史群像大賞佳作；二〇〇一年以考古學家施里曼發現特洛伊遺址爲背景的《黃金之灰》出道，同年又以夏目漱石《少爺》一書，發展戲仿爲《贋作『少爺』殺人事件》，獲得第十二回朝日新人文學獎……這一串履歷下來，可以發現柳廣司可說相當擅長從歷史縫隙之中編織出故事。甚至《D機關》也不例外——根據訪談，這是他在寫作《東京監獄》期間，因查閱陸軍中野學校相關資料而開展的作品。可以說，即使是柳廣司最天馬行空的著作，都帶著深厚的歷史縫隙之印記。二〇二一年出版的《無敵之人》，以歷史人物與其所涉案件爲背景，不僅是柳廣司創作路線上又一令人印象深刻的作品，更令人有一種二次元「還原」成三次元的恍惚之感——《無敵之人》可不就是抽去了《D機關》華麗浪漫的元素後，加入了「受害者」此一存在後所織出的故事嗎？在《D機關》中，算無疑策的結城中校，在《無敵之人》中成了同樣才智驚人，卻懷有常人一般的好勝心與嫉妒心的內務省官僚黑崎；《D機關》所需對抗的「外國勢力」，在《無敵之人》中則簡單扼要地以「共產主義」的面貌現身。至於兩者最大的相似之處，即是它們都背靠堅實的「歷史之壁」。從布局來看，《D機關》的困難，在於如何不破壞結城的神機妙算，卻讓擁有「D機關」的日本仍依循歷史發展在二戰中落敗；《無敵之人》的困難，則在於如何讓這些血淋淋的迫害事件轉變爲容易入口的故事同時，不使這些苦難單純地成爲被消費的背景。

本書分爲〈雲雀〉、〈叛徒〉、〈虐殺〉和〈自豪〉四篇，分別以作家小林多喜二（1903-1933）、川柳作家鶴彬（1909-1938）、編輯和田喜太郎（1916-1945.1）和哲學家三木清（1897-1945.9）的人生爲背景，在幕後操縱著一切的內務省官員黑崎的布局下，他們一個接一個、一步接一步地走入死亡之中，同時帶領讀者一步步地經歷特務機關隨著戰爭的發展，迎來了自身的膨脹，又在必須「屢創佳績」的管理原則下，由理想中保家衛國的秘密機構變質爲現實裡構陷誣害不同政治思想的恐怖機構之過程。

從上述所列主要角色的生卒年，讀者不難看出本書四個短篇乃是以時間排序。〈雲雀〉的故事背景，設置於小林多喜二出版其名作《蟹工船》的一九二九年。儘管在〈雲雀〉中，小林多喜二看似在船工的協助下躲過了黑崎的陰謀，然而好景不常，一九二九年十一月，小林多喜二即因「左傾思想」而遭拓殖銀行解職，因此移居東京後，於一九三〇年八月因《治安維持法》被捕。幾次被捕後，於一九三三年死於酷刑。

在〈雲雀〉中，柳廣司花費了相當的篇幅論及了暱稱爲「山宣」的山本宣治議員遭刺案，這個案件帶出的，正是日本國會因此失去了質疑行政機構濫用《治安維持法》權力的肇始。在後續的幾篇中，柳廣司屢次謹愼地提及《治安維持法》，直到最後一篇將時間設置在二戰結束前不久的〈自豪〉中，柳廣司才藉由黑崎的經歷，鄭重地帶出了在行政機構之外，他眞正想要討論的、讓行政機關有所依據以供行事的「法律」。是什麼原因，讓原本立意良善的機構改行爲惡？柳廣司巧妙地以黑崎在內務省的經驗，帶出了漢娜·鄂蘭所提出的「平庸之惡」的概念。鄂蘭以爲，納粹頭子艾希曼之所以能慘無人道地、系統性地執行種族滅絕，與不需/不願深思的官僚性有相當程度的關聯。在〈自豪〉的最後，三木清引用帕斯卡的「即便世界壓垮了人，人依然比致使人死亡的力量更高貴，因爲人知道自己會死，也知道世界對人的優勢；而世界什麼都不知道。我們的尊嚴，全在於我們會思考。」這段話，指出「思考」正是與「平庸」相抗衡的唯一的方法——儘管對抗者「一縷蒸氣、一滴水便足以致命」。

三木清最終因《治安維持法》的濫用與惡劣的監獄環境而病死於獄中，並因他的死亡而使駐日盟軍總司令部（GHQ）下令廢除《治安維持法》。這樣說起來，選擇以三木清作爲最後一作的主角，且選擇自「平庸之惡」的觀點切入，確實是柳廣司的在此作中爲之點睛的神來之筆。無敵之人爲何無敵？終究是源自「有敵之國」平庸到近乎瘋狂的想像。

然而，歷史與人一樣，始終是充滿多面性的。儘管三木清是惡法的受害人，但這並不代表他的人生便毫無爭議。藉由黑崎的訊問，柳廣司也終於在日本敗戰的歷史時刻，提出了對「大東亞共榮圈」思想起源之一的「東亞協同體」之質疑。儘管受篇幅所限，處理的略嫌倉促，但足可說明柳廣司對此並非毫無觸動。相反地，《無敵之人》正是一個引子，意圖引領讀者在讀完後可以進一步自發性地去接觸小林多喜二、鶴彬、三木清，去理解和田喜太郎等編輯曾遭遇過的事件，以及他們為什麼明知如此仍飛蛾撲火般地「以文犯禁」。

我們得回到歷史現場。回到一八五三年的黑船事件、一八六八年的明治維新、一八九四年的甲午戰爭、一九〇四年的日俄戰爭，回到亞洲幾乎全部成為殖民地或半殖民地的年代，才能理解日後為禍甚烈的「大東亞共榮圈」，其思想根源之一卻與「去帝國」、「反殖民」的普世價值有所關連；得回到古拉格尚未聲名鵲起、文革還沒發生、童工合法、退休保障跟工傷賠償根本像是天方夜譚的時候，才能理解為什麼一九一七年俄羅斯十月革命所建立的「蘇維埃俄國」會讓包括台灣在內的一代青年才俊為之心懷激動、對共產主義懷抱希望——「蘇維埃俄國」的建立，展現了一個原本只存在於書本的理論的可實踐性，且這個政治制度與先前曾在歐洲出現過的帝制、共和制、共和國制、城邦制等有著根本的不同。正是這樣巨大的震撼，使得「共產主義」很快地成為既有政治制度的假想敵，與迫不及待展開革新的知識份子的最愛。唯有回到歷史情境之下，我們才能理解與追問時人的選擇。然而，對於普通讀者來說，「歷史情境」實在是一個虛無飄渺的存在，或許也只有藉助如柳廣司這般具備足夠歷史知識與思考深度的作者的精心布置，才能使小說在精心布置下，成為一個願者上鉤的媒介吧。

而這一切又跟我們有什麼關係呢？也許你會問。實際上，關係或許遠比我們所想像的更爲深遠。在〈虐殺〉中提及的佐爾格事件，事件中的尾崎秀實（1901-1944）則是因其父尾崎秀眞應聘來台，而在台北長大，對日本人與台灣人間的差別待遇印象深刻，隨後赴東京留學，在大正民主的環境下接觸到馬克思主義，從而深受影響。秀實的異母弟、灣生尾崎秀樹則是戰後日本有名的文藝評論家，亦對佐爾格事件有相當深入的研究。

不僅如此，《治安維持法》實際上也曾作用於台灣人的身上：作爲日本的殖民地，在一八九五到一九一〇年間，日本在台灣用以維持治安的法令爲眾所周知的《匪徒刑罰令》；一九一八年，總督府治台政策改以同化爲主，將日本內地法規移至台灣實施成爲政策的一環，故在一九二〇年代以《治安警察法》取而代之，知名的「治警事件」即是此法施行後的產物。而一九二五年制定的《治安維持法》，自然也同樣地在台灣施行，且因爲台灣的民權運動方興未艾，其量刑尺度較日本內地更爲嚴酷，與《治安警察法》共同構成了日治時期總督府的思想控制體系。台灣日治時期的詩人楊華（1906-1936），正是因爲參與的「臺灣黑色青年聯盟」違反《治安維持法》，在一九二六年被捕，在獄中寫下《黑潮集》。一九三六年，楊華因貧病交加自縊過世。一九三七年，文友發現他的《黑潮集》，因時局因素，在自我審查後抽出七首較不「適合」的詩後，才刊登在《臺灣新文學》雜誌上。一九三七年六月，《臺灣新文學》因廢止漢文雜誌的政策也遭停刊，創辦人楊逵因此赴日向普羅文學的戰友求援——你看，與日本文化界息息相關的《治安維持法》，其實也與我們的歷史緊密無雙。

無敵之人

原著書名／アンブレイカブル
原出版者／KADOKAWA
作　者／柳廣司
翻　譯／李彥樺
責任編輯／詹凱婷
國際版權／吳玲緯、楊靜
行銷業務／徐慧芬、李再星、李振東、林佩瑜
編輯總監／劉麗真
事業群總經理／謝至平
發　行　人／何飛鵬
出　版／獨步文化
115台北市南港區昆陽街16號4樓
電話：886-2-2500-0888　傳真：886-2-2500-1951
發　行：英屬蓋曼群島商家庭傳媒股份有限公司城邦分公司
115台北市南港區昆陽街16號8樓
客服專線：02-25007718；25007719
24小時傳真專線：02-25001990；25001991
服務時間：週一至週五上午09:30-12:00；下午13:30-17:00
劃撥帳號：19863813　戶名：書虫股份有限公司
讀者服務信箱：service@readingclub.com.tw
城邦網址：http://www.cite.com.tw
香港發行所：城邦（香港）出版集團有限公司
香港九龍土瓜灣土瓜灣道86號順聯工業大廈6樓A室
電話：852-25086231　傳真：852-25789337
電子信箱：hkcite@biznetvigator.com
馬新發行所／城邦（馬新）出版集團
Cite（M）Sdn. Bhd.（458372U）
41, Jalan Radin Anum, Bandar Baru Seri Petaling,
57000 Kuala Lumpur, Malaysia.
電話：+6(03)-90563833　傳真：+6(03)-90576622
電子信箱：services@cite.my

封面設計／鄭婷之
排　版／游淑萍
印　刷／中原造像股份有限公司
● 2025年2月初版
售價399元

UNBREAKABLE
© Koji Yanagi 2021
First published in Japan in 2021 by KADOKAWA CORPORATION, Tokyo.
Complex Chinese translation rights attanged with KADOKAWA CORPORATION, Tokyo through TOHAN CORPORATION, Tokyo.
Complex Chinese translation copyright © by 2025 Apex Press, a division of Cite Publishing Ltd. All rights reserved.
版權所有・翻印必究
ISBN 9786267609101（平裝）
ISBN 9786267609071（EPUB）

國家圖書館出版品預行編目資料

無敵之人 / 柳廣司著 ; 李彥樺譯 . –初版. – 台北市：獨步文化，城邦文化出版：家庭傳媒城邦分公司發行，2025.02
面 ； 公分.
譯自：アンブレイカブル
ISBN 9786267609101（平裝）
ISBN 9786267609071（EPUB）

861.57　　113017155